水無月の降りしく恋こそ
～思へば乱るる朱鷺色の２～

Ayame Hanakawado
花川戸菖蒲

CHARADE BUNKO

Illustration

日輪早夜

CONTENTS

添島雄大《そえじまゆうだい》という男について、自分はまだ全然知ってはいないのだということを、朱鷺《とき》はこういう時に実感する。

「やめ、て、雄大…っ、あ、あっあっ、さわらんといて…っ」

「遠慮するなって。こんなに濡《ぬ》らしてて、一回イッといたほうがいいだろ」

「い、一回とっ、んっ、違う…っ」

「あ、二回目だったな。まあほら、イカないよりイクほうがいいだろ。なんでも前向きにさ」

「だ、だったらっ、雄大がっ、あっ、イケばええやんっ、あっいやっ」

「俺は楽しみは残しておくタイプなんだよ。おまえも二回目だとちょっと保《も》つじゃん。長く楽しめていいだろ？」

「楽しみたくな…っ、あ、あ、やめてやめて…っ、もうやめてぇ…っ」

半分泣きながら訴えてみたが、朱鷺をこすり立てる雄大の手は止まらない。しかも後ろには雄大が深く入っているから、逃げるどころか身もだえることもままならないのだ。

「あ、あ、あ、……っ」

無理やり高みに押し上げられ、ギュッとシーツを握って朱鷺は達した。脱力しようにも、呑《の》みこまされた雄大が微妙に内部を刺激するから、感じてしまって力も抜けない。苦しいし疲れたし、もう本当にやめてもらいたい。乱れた息で、小さく首を振って、もうやめてくださいの意思表示をすると、雄大はフッと笑って、しっとりと汗ばむ朱鷺の体を撫《な》でながら言った。

「イキかけてる時のおまえの中ってさ、絶妙な緩急をつけて締めてくるから、すごくいいんだ」

「そ、なん…っ、知らん…っ」

「イク瞬間のギューーッと感もたまんないしさ、イッたあとも、今みたいにまったりまとわりついてきて、あー、いいって思う」

「そ、そういうこと、言わんといて…っ」

「誉《ほ》めてるんだよ。朱鷺はどこもかしこもおいしいなって。あんまりおいしいからすぐに食べちゃうのがもったいなくて…」

「あ、あ、いや…」

ゆっくりと腰を引いた雄大が、同じくらいゆっくりと入れてくる。ずっと雄大をくわえこまされている中は、二度も強引にイかされて、すっかり熱くとろけてしまっている。少しの刺激にも過敏に反応してしまって、感じたくないのに感じて、朱鷺は腰をふるわせた。

「ね、も、もう、ホンマにやめて……、頼むし、雄大、もうイッて……」

「だからぁ、すぐに食べちゃうのがもったいないくらい、おまえの中がいいんだって」

「だっ、て、もうっ、何分、やっとん…!?」

「えー、と。……四十分ほどになるな」

「な⁉　そやし、も…っ、無理やってっ」

「そぉんなことはないだろ？　べつに激しい運動をしてるわけじゃないんだし」

「雄大ぃっ」

朱鷺は泣きたくなった。四十分。そう、四十分も雄大にのしかかられ、後ろにぎっちり入れられている。雄大は積極的に動くわけでもなく、本当にただ入れられているだけだ。けれどそれだって苦しいし、雄大の腰が乗った股関節《こかんせつ》は大きく広げられたままだから、さっきからギシギシと悲鳴をあげている。朱鷺は、いやらしいくせに幸せそうな表情の雄大を見上げ、泣きだしそうな顔で睨《にら》んだ。

「もう、やめようて…っ」

「それこそ無理だろ、俺はこうだし」

「あ、あ、いや……っ、いやや、やめて…っ」

自分の硬さを誇示するように、雄大はまたもやゆっくりと朱鷺の中から抜いて、じりじりと押し入れた。そうされると体の奥からジクジクとうずきが湧《わ》いてきて、それに合わせて、深く呑みこんでいる雄大自身をやんわりと締めつけてしまう。本当に疲れているから感じたくないのに、体は勝手に感じてしまう。

「もう、もう、ホンマにいやや、雄大っ、苦しい……っ」

「あ、ごめん、今よくしてやるから」

「いやや、いやっ、もうイキたくない…っ」

今さっきイッたばかりで、まだ先端が濡れているソコを握られて、朱鷺は必死で雄大の腕を掴《つか》んだ。たぶんもう、簡単にはイけないと思うし、イけたとしても、雄大が終わりにしてくれなければ、またいじめられるのはわかっている。

「ゆ、だい…、お願いやから……」

「もー朱鷺、朱鷺、可愛《かわい》い……」

「そんなん、どうでもええから、もう、イッてや…」

「愛してる、愛してるよ朱鷺……いくら抱いても足りない」

「い、やっ、動かんでっ……」

「食えるもんなら食っちゃいたいよ、朱鷺……」

「あ、ん……っ」

食いたいという言葉どおりに雄大がキスをしてきた。舌が絡み、口の中を舐《な》め回される。当然感じてしまって雄大を締めつけると、雄大がフッと鼻で笑ってきつく抱きしめてきた。当然体が密着する。足が限界まで開かれ、股関節がビキッと痛んだ。

「…っ」

思わずギュッと体を硬くした朱鷺に、もちろん雄大はすぐに気がつく。ふっと唇を離して、眉《まゆ》を寄せて雄大は言った。

「…朱鷺？　どうした？」

「足…、痛い…」

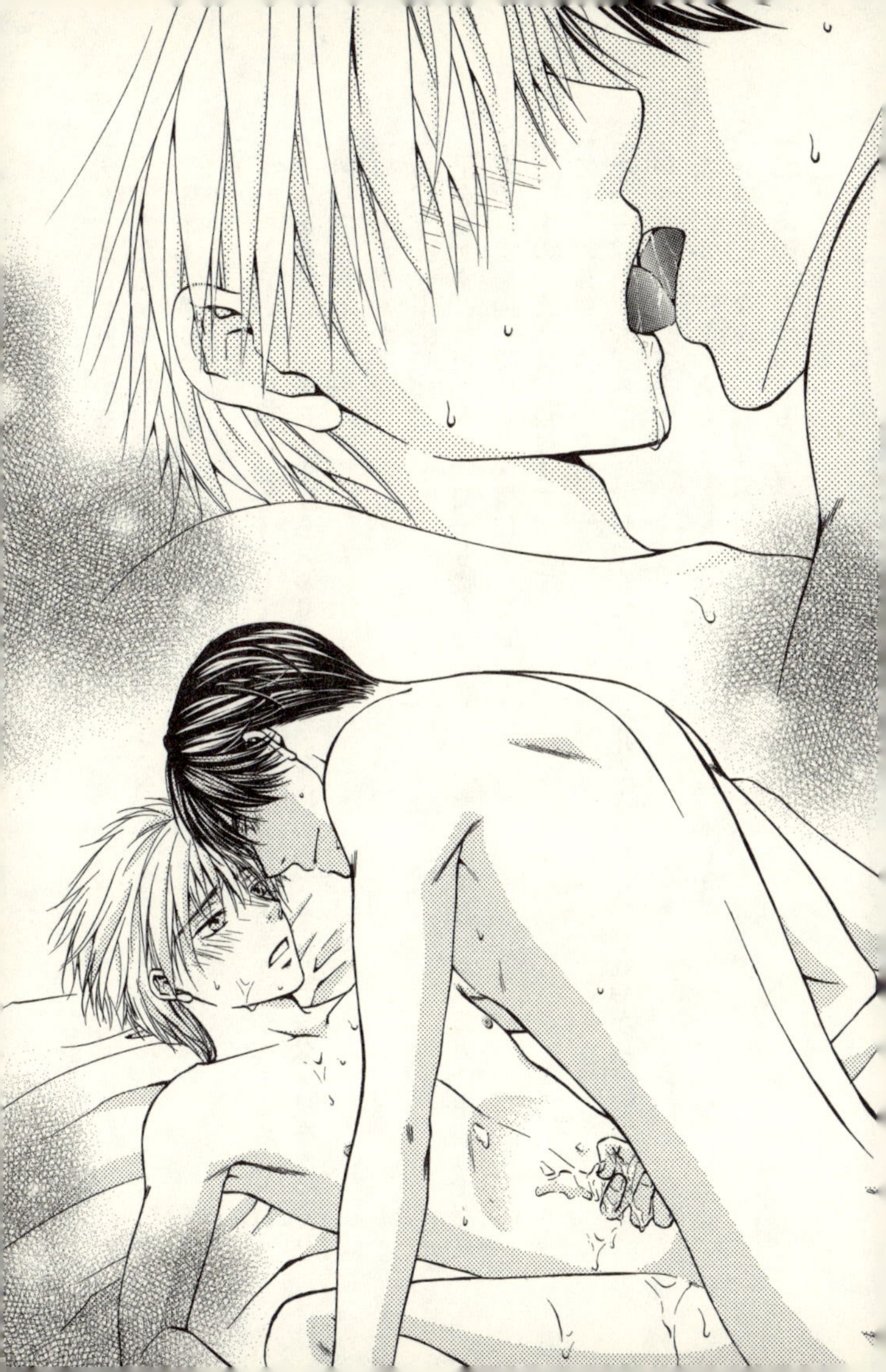

「え？　どこも掴んでないぞ？」

「そうやなくって……、雄大が、ずっと……乗ってる、から……」

「……ああ、股《また》か」

「……っ」

ズバッと言われて朱鷺は顔を赤くしてうなずいた。雄大は微苦笑を浮かべてごめんと言うと、体を起こして、朱鷺の中からズルリと自分を引き抜いた。そうして朱鷺の足をゆっくりと閉じてくれる。

「痛い？　平気か？」

「あ、うん、平気やけど……」

足を動かすことができて、関節も腰も楽になった。それは嬉《うれ》しいが、雄大の中心はまだガチガチに上を向いている。朱鷺は焦って言った。

「あ、あの、ええよ、最後まで、して」

「でもこの体勢、つらいだろ？」

「だから、いつも、みたいに、してくれれば、それくらいなら、平気やから…」

「いつもみたいって？」

「だ、だから、じっとしてるんや、なくて、……えと、動い、て…」

「いつもどんなふうに動いてたっけ？」

「え、あの、だから、も、もっと、す、すごく…」

具体的になど恥ずかしくて言えない。わかるやろ、と思いながら雄大を見ると、雄大はニヤニヤといやらしい笑いを浮かべている。からかわれた、と気づいた朱鷺が燃えるほど顔を赤くすると、雄大はふふっと笑って言った。

「こっちは？　まだ大丈夫か？」

「あ…っ」

今まで雄大をくわえこんでいたところを、くるりと指で撫でられて、感じてビクッと体を揺らして朱鷺はうなずいた。

「へ、平気…っ」

「よし。足を広げなければいいんだよな」

「……え？」

どうも不穏な言葉を耳にして、朱鷺はギクリと雄大をうかがった。雄大が、ニイッといやらしいにもほどがある笑いを浮かべる。危機を悟った朱鷺は逃げようとしたが、雄大のせいで痛んだ足が言うことを聞かない。腕で布団をずり上がって逃げようとした時には、横向きに、胎児のような姿勢を取らされた。

「雄大っ、な、なにするつもり…っ⁉」

「できるといいけど。これは俺も初めての体位」

「ちょっと、いやや…っ、あっあっ、やめて…っ」

雄大が背中から抱きついてきた、と思ったら、後ろに雄大の先端を押しあてられた。まさか、と思う間もなく雄大がグッと押し入ってくる。前からでも後ろからでもなく、横向きに抱かれるなんて初めてだ。理屈抜きで怖くて、思わずシーツを握りしめると、いける、と呟《つぶや》いた雄大がじりじりと朱鷺の中を押し開いていった。

「ん、ん、雄大…っ」

「さすがに足閉じてるとキツいな……。俺はいいけど、おまえは？　平気か？」

「んんっ…、い、からっ、僕のことなんかええからっ、とにかく早くイッて…っ」

「そう言うなよ。これで股も痛くないし、もうちょっと楽しもう」

「楽しむって…いやや、もうっ…、雄大、しつこい…っ」

朱鷺がポロッと本音をこぼすと、あろうことか雄大は楽しそうに笑った。

「そっか、しつこいか。俺もそうかなとは思ってたんだけど、だっておまえ、可愛いからさ」

「そ、そういうんっ、無駄な、長保ちっていうんや…っ」

「必要未満の早撃ちよりいいだろ？　ちょっとこれだと浅くてダメだな……、あ、こうすんのかな？」

「あ……、あっ」

雄大の足が朱鷺の閉ざされた足の間に入りこんできた。腰が密着する。雄大が深く入ってくる。抱えられた腰をクンと引き寄せられて、根元の根元まで雄大をくわえこまされた。

「んんっ、雄大…っ」

「あ、これいいな……。こうやっておまえを揺すりながらさ、前も…」

「あっ、やめてやめて、さわらんといてっ」

「な？　おまえのこともさわってやれる」

「あっあっ、やめて…っ、僕のことは、ええからっ、いやや、あぁっ、雄大だけ、イッて…っ」

「だからイキますって。今度は一緒にな」

「せやからっ、僕のことはっ、いやっいやっ、あぁ…っ」

前をいじる雄大の手を押さえると、代わりに体を揺すられて中をいじめられる。とろけきった中はしっとりと雄大にまとわりつき、朱鷺にウズウズした快感を与える。もう感じたくないと心底思うのに、前にも中にも刺激を受けると、朱鷺のソコには血液が集まってしまう。背後で雄大がふふっと笑った。

「いい具合になってきたな」

「もっ、ゆうだ…っ、僕は、ええからぁ…っ」

「こういうのはお互い楽しまないと。だろ？」

「あ…っん、僕っ、もうっ、イけへん…っ」

「大丈夫、大丈夫。おまえの体のことは俺が一番よく知ってる。もう一回くらい、イカせてやれるよ。ほら」

「んんんっ」

中のいいところをえぐるようにこすられて、朱鷺の体がビクンと反る。雄大を呑みこんでいる後ろもキュウウッと締まる。締まったところで前をいじられると、たまらなく感じるのだ。

「あぁあっ…ん、あっ…、雄大ぃ…っ」

シーツを引き摑んで、雄大の足に足を絡ませた。いい、感じる、と体中で言っているような朱鷺の姿態は、視覚からも雄大を煽《あお》る。そろそろ我慢は終わりにして、オイシクいただきましょうかと、雄大は朱鷺の腰を揺すりながら囁《ささや》いた。

「いいのか？　朱鷺、いい？」

「いい…っ、いい、い……っ、あっ、いい…っ」

「俺もいい。すごくいいよ、朱鷺……、朱鷺、朱鷺……」

「あっあっ、…待っ、て、そんな、しんといて…っ」

今までお行儀よくしていた雄大が、かぶっていた猫を脱いだように、荒く、強く、腰を使ってきた。密着した体でこんなふうにされると、本当に雄大に全身をむさぼられている気になってくる。雄大の荒い息が耳にかかり、それがまた朱鷺の体をふるわせた。雄大は朱鷺の後ろを攻めながらも前への愛撫《あいぶ》も忘れない。疲れきった体が快感でいっぱいになっていく。よくてよくて、感じて感じて、なのに終わりがやってこなくて、神経が焼き切れそうだ。

「ゆ、だいっ、助けて…っ、あぁぁ、もうっ、死ぬ…っ」

「…う…っ」

小さくうめいた雄大が体ごと突き上げてきた。壊れる、と朱鷺が思った時、首筋に歯を立てられた。小さな痛みと、雄大に食い尽くされるという思いが混じり合い、感じたことのない幸福感と快感に襲われて、朱鷺は声も出せずに三度目の絶頂を迎えた。

「……、……あ…あ……」

水から上がった時のように体が重い。身じろぎもできずに呼吸を乱していると、そっと雄大が腕を回してきた。

「待っ、て、ゆうだ…」

「うん、抱きしめるだけ。おまえが落ち着くまで動かないから」

「ん……」

雄大の言葉にホッとして、朱鷺は体の力を抜いた。呼吸が落ち着いてくるとともに、体の熱も冷めていく。ほう、と朱鷺が吐息をついた時、雄大が優しい声で囁いた。

「もういい？　抜いても平気か？」

「ん……、もういいよ……」

「うん」

そうして雄大がそっと朱鷺の中から自分を抜きだす。その感覚に朱鷺は身じろぎをしたが、ここまで体が落ち着いていればひどく感じることもない。最中はケダモノかと思うくらい傍若無人に朱鷺を攻め上げる雄大だが、自分が満足したあとも、雄大はこうして朱鷺を気遣ってくれる。こういう時に、雄大の本当の優しさを感じる。

雄大が出ていってくれたおかげで、ようやく「自分の体」に戻れた朱鷺は、体も気持ちも脱力した。もう本当に指一本動かせない。シャワーを浴びる気力もなくて、このまま眠ってしまおうかと思った時、背中に張りついていた雄大が、ゴロリと上を向きざま、朱鷺を腕《うで》枕《まくら》に引き寄せた。されるがままに腕の中にひっくり返ってきた朱鷺を見て、雄大はククッと笑った。

「あーもー、グダグダだな、おまえ」

「……誰のせいやて思ってるん?」

「俺のせい。でも謝らないよ。おまえが悪いんだし」

「なんで僕が、…」

「だってそうだろ? また当分、おまえを抱けなくなると思ったらさ、限界までおまえを愛したくなるってもんじゃん」

「また当分て…」

「前、おまえを抱いたのは、沖縄《おきなわ》が梅雨《つゆ》入りしましたってニュースで言ってた時だった。で、東京は今日から梅雨入り。おわかりかな?」

「あ……」

つまり、もう二週間も雄大と肌を合わせていないことになる。

(またやっちゃった…!)

朱鷺はうろたえた。仕事が忙しくて、雄大をちっとも構ってあげられなかったのだ。そしてその仕事は、昨日ようやく終わったところだ。待ち構えていたように雄大が求めてきたのもわかる。いいかげんにしてと思うくらいしつこかったのも仕方がないことだろう。また雄大に我慢を強いていた。また雄大を超欲求不満にさせていたのだ。朱鷺は疲れてトロンとした目で、心底申し訳なさそうに雄大に謝った。

「あの、ごめん、なさい……また雄大をほっぽっちゃって……」

「ん？」

雄大が腕の中の朱鷺を見ると、なんだか必死な表情をしている。こんなことくらいでと思い、優しい微笑で言った。

「謝らなくていいよ。仕事優先はお互いさま。俺だって朱鷺がストレスで吐いた時、そばにいないで会社行っちゃったし」

「いいよ、あんなん、病気とちゃうし、大丈夫って僕が言うたんやし……」

「うん。とにかく仕事も終わったし、おまえの体調も戻ったし、ようやく俺だけのおまえにできると思ったらさ、ちょっとがっついてしまったわけだから、謝るな」

「雄大…、でもあの、しつこいとか言うて、ホンマにごめんなさい…」

「だから、謝るなって」

雄大は微苦笑をした。欲求不満は欲求不満だったが、朱鷺を責めるつもりで二週間ぶりのエッチだと言ったわけではない。冗談の範疇《はんちゅう》なのに、朱鷺はいつもこうして雄大の言葉を真に受けて、そうして自分を責めてしまう。

（しつこいと思ったら、俺のこと蹴《け》っ飛ばしてやめていいのに）

朱鷺は雄大のすることに対して、無意識だろうが我慢をしてしまう。エッチの時だけじゃなく、いつだって雄大に従順というか、いやだとか、こうしたいとか、主張をしたり意見を言ったりしない。雄大のすることに腹を立てるなんて、もちろんない。

（もうそろそろ、気心の知れた仲って感じになってもいいもんだと思うんだけど）

雄大がここに押しかけてきたのが一月の頭。それから三ヵ月かけて朱鷺を「口説《くど》き落とし」、一ヵ月の恋人期間を経て、お互いを伴侶《はんりょ》と認め合ったところだ。

（新婚旅行はどこに行こうかって相談してるくらいなのに）

なのに朱鷺は雄大に、しなくてもいい遠慮や、遣わなくていい気を遣うのだ。

雄大は朱鷺の髪を撫でながら、困ったちゃんだなぁとそっと苦笑をこぼした。たぶん朱鷺は、あんまりにも長い間、雄大に片思いをしていたから、雄大の伴侶となった今でも、雄大に愛されるということに馴《な》れていないのだろうと思った。朱鷺の中では雄大はまだ、素敵な王子様のままなのだ。

（俺が素敵な王子様なら、俺にとってもおまえは、素敵で可愛い王子様なんだけどな）

下から見上げられたり、上から見下ろす関係ではない。雄大が愛情爆発で朱鷺をむさぼり、抱き倒したら、朱鷺にも愛情爆発で、しつこいと雄大をひっぱたいて蹴飛ばしてほしいのだ。思っていること、感じていることをストレートに相手にぶつけるのも、愛情だと雄大は思う。

「あのさぁ、朱鷺」

「あ、なに…？」

まだなにか雄大を不満にさせていることがあるのだろうか？　そう思ってギクリとした表情を浮かべる朱鷺を見て、雄大は苦笑を浮かべてギュッと朱鷺を抱きしめた。

「ホント、おまえって可愛い」

「ゆ、雄大…？」

「同伴出勤が許されるなら、おまえを連れて会社に行きたい。二十四時間、おまえをそばに置いておきたい。俺はおまえにメチャクチャ惚《ほ》れてる。死ぬほど惚れてる」

「ゆ、だい……」

顔も首も耳も、肩も胸も、たぶん体中をふわりと赤くした朱鷺に、チュッとキスをして雄大は言った。

「自覚しろ。俺がこの世界で愛しているのはおまえだけだ」

「雄大…」

「昔のことはしょうがない。忘れろとは言わない。なんか気になったら俺に八つ当たりしろ。でも、これから先は、ずっとおまえだけだ。おまえだけを愛す」

「……ん……」

「だからおまえは自覚しろ。おまえが望めば俺はおまえの足にも口づける。添島雄大にそんなことをさせられるのは椎名《しいな》朱鷺だけだ。わかったか？」

「……」

朱鷺は真っ赤な顔でうなずいた。耳をふさぎたくなるほど恥ずかしい言葉の数々も、恐ろしいほど真剣な表情で言われたら、受け止めるよりほかはない。耳鳴りがするほど恥ずかしくて、でもそれと同じくらい嬉しくて、朱鷺は瞳《ひとみ》を潤ませて雄大の胸に頬《ほお》をすりつけた。

「お、ようやくしてほしいことが言えるようになったな。やっぱり俺の言葉が足りなかったのが原因か」

「キス……欲しい……」

「ん？」

「ゆ、だい…」

「あの、え…？」

「あー、考えるな。おまえはろくなことしか考えないんだ、俺といる時は頭空っぽにしてろ」

「ろくなことって…」

なにか変なことを言っただろうかと、またもや不安そうな表情を見せる朱鷺だ。これだもんな、と苦笑をした雄大は、ゆっくりと朱鷺の唇に唇を重ねると、穏やかで優しくて、でも愛情たっぷりのキスを与えながら思った。こんなキスだけじゃなく、もっともっと自分の気持ちを言えるように、わがままを言えるように、究極としては、雄大なんかただのスケベ男じゃんと言えるようになるまで、態度でも言葉でも朱鷺に愛を伝えよう。

「…、な、朱鷺」

そっと唇を離し、すっかりうっとりした表情を浮かべる朱鷺に雄大は囁いた。

「足をお舐めって言ってみろよ」

「…そっ、そんなん、言えるわけないやろっ」

「なんで？」

「だって、言ったら雄大、ホンマにやりそうやしっ」

「うん、やる。おまえにならそれくらい、喜んでやる」

「…っ、いやや、やめて、ヘンタイッ」

バテバテで動けない朱鷺にのしかかり、鎖骨から胸へと雄大はキスを下ろしていく。最終的に足を舐めることが目的というよりも、どうもこれはエッチにいたる愛撫だ。そう思った朱鷺は、プツンと神経が切れてしまったように、本当に子供のように泣きだした。

「いや、や、雄大…、もういやや…いや…」

「あ、え、朱鷺!?」

「いやや、もう……いやや……」

「ちょっと待って、え、ごめんっ、なに、なんでそんなに泣くんだ…!?」

朱鷺はいじめっ子に泣かされた子供そのものの泣き方をしている。雄大は焦った。慌てた。足を舐めると言ったことも、軽いキスの雨も、ふざけただけだし単なるスキンシップのつもりだった。それなのにこんなふうに泣かれるなんて、予想外もいいところだ。雄大はうろたえながら朱鷺を抱きしめ、まるでお父さんのように朱鷺の頭を撫でた。

「ごめん、ごめん、なんかいやだったんだな、そうだよな?」

「そうや…、もういやや…」

「あ、うん、悪かった、ごめんな朱鷺、えーとこうやって抱きしめるのはいいか? 頭を撫でるのも平気か?」

「いややもう、なんにもしんといて…」

「しない、しない。このまま寝よう、な？　寝ような？」

「……」

ふう、と可愛い泣き声をこぼした朱鷺が、ズズッと鼻をすってうなずいた。雄大はほうっと安堵《あんど》の息をこぼすと、寝よう寝ようと言いながら足で夏掛けをひっぱり上げた。腕の中でもぞもぞと動いていた朱鷺が、腕枕のベストポジションを見つけて、ホッとしたような吐息をついて、言った。

「…ホンマに、なんにもしんといてね…？」

「しないよ。さ、寝よう」

「うん……」

そのまま脱力した朱鷺の肩をそっと抱きながら、雄大もまぶたを閉じて、内心で呟いた。

愛情表現の加減がわからねぇ。

窓ガラスに雨のあたる音がした。うっとうしい梅雨に突入だ。


梅雨の合間の晴れだった。

夕方の空には綿をちぎったような雲がたくさん浮かんでいて、そこに夕日が映ってピンク色になっている。

「夏の夕暮れの色やね……」

朱鷺は幸せそうに呟いた。冬の夕焼けの、あたりを焼き尽くすような激しいオレンジ色も綺麗《きれい》だと思うが、夏の夕焼けの水彩画のような淡い色のほうが美しいと思う。

「春の夕焼けは絞り染めみたいにぼんやりしてるんよね。秋の夕焼けは、夕焼けになる前に夜の色が混ざってきちゃってる気がして、そんなに綺麗やと思えへんねんけど……」

個人的にはやはり、夏の夕焼けが一番だと思う。

「朝焼けは冬がダントツで綺麗」

呟いて、ふふっと小さく笑った。

昼過ぎからずっとソファに転がって、こうしてぼんやりと空を眺めている。仕事のアイデアを考え中なのだ。雲を見ているうちに、その雲の形を変える風に気づき、はるか上空ではあんなふうに風が流れているんだと思う。自分が風になったような気がして、わけもなく心が弾む。頭の中にはペールカラーの球体がいくつも転がり、軽やかな優しさといったイメージが浮かぶ。

そのうちに空はまた色を変える。煌《きら》めくような金色だ。大学のカフェテリアから見た、京の町並みにいく筋も差す、夕日の階《きざはし》の記憶が喚起される。この世には人知を超えたなにかがあるのだと思わせる、凛《りん》として厳かな光景。今度は頭の中に、深山を流れる乳色の霧や、清流の底の澄明な煌めきが浮かび、ふれることのできない清廉といったイメージが展開される。

空はさらに色を変え、深みを増し、夜へと向かい、そのたびに朱鷺は高揚感や寂寥《せきりよう》感を覚え、感覚をイメージへと繋《つな》げていく。頭の中にたくさん浮かんだイメージを眺めていると、それがぼんやりと、ひどく曖昧《あいまい》な「こんな感じ」というアイデアに形を変えていく。

（あ、そう……、こんな感じ……、昼と夜の境の、すごく刹那《せつな》的な綺麗さ……）

ふわりと形がまとまりそうになって、朱鷺の心臓がトクンと高鳴った時だ。

「ただいまー」

雄大が帰ってきた。お帰りなさいと言ったつもりだが、声に出ていない。まだ自分の中のイメージの海に溺《おぼ》れているのだ。

（画面を斜めに切って……青空と浅い夕焼けに……、ううん、白を挟んでグラデーション？それとも白の細いボーダーで……）

摑めそう、摑めそうかな、と思っていたら、部屋着に着替えてきた雄大にのしかかられた。

「ゆ…っ」

「ただいま、朱鷺。はい、チュー」

「ん…っ」

驚いて目を見開いた時にはキスをされていた。チュウ、程度の、本当にただいまのキスだ。けれど、アイデアがまとまりかけていた、いいところで邪魔をされたのだ。朱鷺はイラッとしたが、なんとかそれを抑えた。

（怒ったらダメ。忙しくなるといっつも雄大に寂しい思いさせちゃうんやから）

ついこの間も、欲求不満で雄大をケダモノにしてしまったばかりだ。心から反省しているが、それでも仕事が忙しくなると、たぶん絶対、雄大より仕事を優先させてしまうだろうことはわかる。だからこそ、精神的に追い詰められているわけでもない今は、雄大を甘えさせなくちゃと朱鷺は思う。それに雄大に構ってもらうのは素直に嬉しい。

朱鷺はそっと唇を離した雄大に、柔らかな微笑を返した。

「お帰りなさい。早かったね」

「なるべく定時で帰れるように、サクサク動いてますから」

「若社長が定時で帰ってもええん？」

「若社長って言うな」

朱鷺の鼻をギュッとつまんで、台所へ向かいながら雄大は言った。

「言ったろ、今はただの平社員だって。それに俺みたいな立場の平社員は、できるだけ早く帰ったほうがいいんだ。朱鷺、なに飲む？」

「あ、カフェオレ。できるだけ早くって、なんで？」

「だって俺が残ってたら、みんなが帰りづらいだろ」

「そっか、そういう気を遣わんとあかんねや。うわー、雄大、ホンマに大変やね」

「まあ、以前はキツイなって思ったけど、今はおまえがいるから、社内を駆けずり回って、とにかくサクサク仕事を片づけるのも楽しいよ」

「ん？　僕？」

朱鷺には砂糖抜きのカフェオレ、自分には砂糖一杯のコーヒーをいれてソファに戻った雄大は、朱鷺にカップを手渡すと、隣に腰かけて、不思議そうな表情を浮かべる朱鷺の肩を抱いて答えた。

「家におまえがいると思うとさ、一分でも早く帰りたいと思うわけ」

「…雄大…」

「早く帰っておまえの顔を見てホッとして、こうやっておまえを可愛がりたいからね」

「あ…、うん…」

ギュウッと頭を抱きしめられて、こんなことを言ってもらって、朱鷺は幸せで微笑した。

(そうやんね……、雄大は人の二倍も三倍もある仕事をすごく頑張ってやっつけて、それでこうやって早く帰ってきて、僕のこと構ってくれて……)

雄大が朱鷺のために時間を作ってくれるなら、自分だって雄大がいる時は、雄大のために時間を使おう。

(僕は雄大が寝てから仕事すればいいんやし、いつもこうやって、抱きしめてもらえるわけやないんやし……)

肩に回された腕を当たり前だと思ってはダメだ。いつも雄大がそばにいるという生活を、普通のことだと思ってはダメだ。今のこの幸せは、自分も雄大も苦しい思いをしてようやく得た幸せだ。この幸せを絶対に失いたくないなら、二人でいる時間を意識して大切にしなく

てはダメだと思った。

朱鷺がことりと雄大の肩に頭をあずけると、雄大もしっかりと抱きしめてくれる。その腕の力強さにわけもなく安堵して、ふっと満足の吐息を洩《も》らすと、髪にキスをくれた雄大が言った。

「愛してる、愛してる。愛してるよ、朱鷺」

「あ、うん…、僕も、あ…あ、愛、してる…」

「うーん、イマイチ。まだダメだな」

「え……、ダメッて、なにが？」

「気負わずにこう、もっとさらっとさ、愛してるって言えるようにならないと」

「え、あ、あの…、ごめんなさい…」

「だからぁ」

雄大は苦笑をすると、ヘッドロックの勢いで朱鷺の頭を抱えて言った。

「そこでごめんなさいって言っちゃうのがイカンのだよなぁ」

「ちょっと雄大、痛い痛い痛い…っ」

「ま、こういうのは経験だからな、ペロッと言えるようになるまで、俺が愛してる漬けにすればいいだけの話だけど」

「雄大っ、ホンマに痛いっ、放してっ！」

頭蓋骨《ずがいこつ》がミシミシいいそうで、朱鷺は涙目になって雄大の腕を叩《たた》いた。お、と気づいた雄大がようやく頭を放してくれる。クラクラするし、ジンジン痛むこめかみを手で押さえて、もう、と雄大を軽く睨んだ。

「馬鹿力なんやから」

「ごめんごめん。でもそんなに力は入れてないよ。あ、おまえの頭が柔らかいんじゃないか？」

「人のせいにしんといて。大体雄大の腕は注連縄《しめなわ》みたいやねんから、加減してくれへんと」

「えっ、そんな太いか⁉」

「力入れると、モリモリッて筋肉が出るやん」

「あ、そういう意味ね。工場の仕事もしてるから、どうしてもなぁ……」

そう言って、自分の腕をギュッギュッと握ってみる雄大だ。朱鷺はほほえんだ。デスクワークも力仕事も、なんでもこなす雄大がひどく頼もしく思えた。いい男だなと思った。学生時代と変わらず、雄大は今でも朱鷺にとって、こうありたいと思う理想の男だ。

「ねえ雄大？」

「うん？」

「カッコイイ。僕が僕やなかったら、僕に嫉妬《しっと》してるくらい、雄大はカッコイイ」

「……意味がよく、わかんないんだけど」

「やからね、顔も体もよくて、どんな仕事もできて、おまけで僕のことも大事にしてくれるカッコイイ雄大を僕の男にできて、幸せって意味やん」

「お。俺は今、口説かれてるのか？」

雄大はふふっと笑い、朱鷺の頬に頬をくっつけて言った。

「でもおまえの言い方は間違ってる。俺はおまけでおまえのことを愛してるわけじゃない。わかっとけ」

「べつに本気で言ったわけや、…」

「それならよけいに、その無駄な謙遜《けんそん》はやめろ。雄大は僕のことが一番好きって言い切るのが恥ずかしいなら、せめて『おまけで』を取れ」

「あの、雄大、…」

「死ぬほどおまえに惚れてるって言っただろ。だからおまえの言葉に一喜一憂する。俺のこと好きなら、俺を有頂天にさせる言葉を言ってほしいな」

「……」

朱鷺はちょっとびっくりした。雄大がこんな中学生みたいなことを言うなんて思ってもみなかった。そしてこんなことを言う雄大を可愛いと思ってしまったのだ。もちろん、カッコイイ雄大じゃなくて、可愛い雄大も大好きだ。朱鷺はふわりと微笑《わら》って言った。

「そうやね。雄大？」

「はい」

「雄大の宝物になれて、僕は幸せです」

「……うん。その言葉、気に入った」

雄大は満足そうにニンマリと笑った。そんな雄大がやっぱり可愛いくて、朱鷺はクスクス笑って雄大の胸に頬を寄せた。

雄大が帰宅した時はまだ薄明るかった室内も、すっかり暗くなっている。電気つけるか、と言ってソファを立った雄大が、明かりのスイッチを入れたついでに雑誌を一冊、持ってきた。朱鷺の肩を抱き寄せながら、その雑誌を手渡す。

「新しいの見つけたから、買ってきたよ。おまえの気に入るところがあるといいんだけどな」

「あ、うん……」

うわちゃ、という気持ちを隠して、朱鷺は微笑を作って雑誌を受け取った。「新しいものを見つけた」と言っては雄大が買ってくる、旅行雑誌だ。これまでに買ってきた雑誌はすでに十冊を超えていて、それらはすべてコーナーテーブルの上に、これ見よがしに積んである。べつに雄大は「これ見よがし」のつもりはないとは思うが、朱鷺にしてみれば「これ見よがし」だ。そう。雄大は新婚旅行の行き先を決めたくて、せっかくだから朱鷺の行きたい場所に連れていってやりたくて、その検討材料として雑誌を買い漁《あさ》ってくるのだ。雄大のその気持ちは朱鷺にもわかるが、

(いつ休めるんかがわからへんっていうのに……)

そう思うと積極的に旅行先を決めようという気も起こらない。朱鷺だって行きたくないわけではない。むしろ雄大と二人きりで旅行なんて、今すぐにでも行きたいくらいだ。けれど自由という名の不自由業の宿命で、数日間、確実に休みが取れる日がわからないのだ。

（そりゃ、来週行くって決めちゃえば行けるけど、その間の仕事を、前と後ろにずらして押しこむことを考えると……）

毎月曜と金曜には、複数企業の更新締切が重なっているし、更新や変更は突発で入ることも考えたら、どうしても旅先にノートを持っていかなくてはならないだろう。そんなこと、ラブラブ新婚気分を味わいたいらしい雄大が許すはずがない。それに画面デザインやページ構成といった創《つく》る仕事は、ひらめきがなければどうにもならない。そしてひらめきは、十時間机に座っていれば、十時間分のひらめきが得られるというものではない、つまり予定どおりには進まないということだ。

（早くやっちゃえばいいって言う雄大には、わからへんことやろけど……）

それを言うと、口喧嘩《くちげんか》までにはならないが、出口のない言い合いになってしまう。わかっている朱鷺は溜《た》め息《いき》を飲みこんで雑誌を開いた。季節がら、アジサイの名勝地を特集している。朱鷺にはなじみ深い三千院《さんぜんいん》や、きっと雄大にはおなじみの明月院《めいげついん》が、イメージ写真として過去の満開のアジサイの写真を載せている。

（あ、綺麗……。こういう、照り映えるっていう色合いをRGBでも出したいよねぇ……）

デザイナーの目で、資料的に雑誌を見ている。積み上げられている古い旅行雑誌も、色彩バランスや、美しいと人間が思ってしまうなにかを得ようという、職人魂で見ていたのだ。

雄大と二人での旅行には本当にときめくが、それとはべつに、お家《うち》大好き、出かけるのあまり好きじゃないというインドア派の朱鷺は、いつ行けるかもわからない、すなわち、いつまで経《た》っても行けないかもしれない旅行のことを考えて、ただうっとりするような男ではないのだった。

けれど雄大は、朱鷺がそんなことを思っているとは露ほども知らない。熱心に雑誌を見る朱鷺の様子から、よしよし、真剣に検討しているんだなと勘違いしている。

「どう？　行きたいところ、あるか？」

「どこも綺麗なところばっかりやし、全部に行きたくなっちゃうんよねぇ」

「あー、その気持ちはわかるな」

うんうんと雄大はうなずいたが、朱鷺の柔らかな京都語を東京語に直せば、「どこも同じ、特に行きたいところはない」となる。もちろん雄大はそんなことに気づかず、朱鷺の肩をギュッと抱いて、優しく言った。

「いろんなところに行きたい気持ちもわかるけどさ、ぼちぼち行き先、絞ってほしいな」

「うん、よく考えるね」

「ホントにどこでもいいからさ。おまえの行きたいところに行くから」

「はい」

愛想よく答えて、朱鷺はぺらりとページを繰った。

朱鷺の「ご検討」を邪魔してはいけないと思った雄大は、コーヒー一杯の休憩を取ると、晩ごはんの支度をすべくサクサクと台所に立った。自分が食べたいという理由により、本日はウナギの卵とじだ。自分用はガッツリと関東風の味つけ、朱鷺用には甘い味つけで煮る。

雄大はとにかく朱鷺にしっかりと食事をとらせたいのだ。朱鷺は仕事はバシッとやるし、掃除も洗濯もきっちりこなすが、食の面だけはいいかげんもいいところで、口に入ればなんでもいいといった感じだし、仕事が忙しくなると食べることを省いてしまう。ガリガリではないがやせ気味の朱鷺に、きちんとメシを食わせるのは、パートナーである自分の責任だと雄大は思っている。

「朱鷺、メシできた。こっち来い」

食卓におかずを運びながら朱鷺に声をかけると、旅行雑誌を見ていた朱鷺は、まるきり犬のようにクンと鼻をきかせ、パッと立ち上がった。

「なんかすごくいい匂《にお》い。今日のおかず、なに？」

「ウナギの卵とじ、野菜のバター煮、クズ野菜のごちゃごちゃ浅漬け。なに、食欲そそられる匂い？」

「うん、めっちゃおいしそう」

「やっぱこういう系が好きか」

雄大は口の中で呟いて、ほくそ笑んだ。朱鷺の好物を地道に調べているのだ。仕事が忙しくなると食事をすっぽかす朱鷺のために、出されるとどうしても食べちゃう、という「必殺メニュー」を頭の中のメモ帳に蓄積している。朱鷺はすき焼きや煮カツなど、甘辛ではなく、甘々辛く煮た料理が好きだとわかってきた。朱鷺の舌も胃袋も俺が握っている、と思うと、若干ヘンタイっぽいが、ゾクゾクするほどの満足感を覚える雄大だ。

雄大がエッチ方面ではヘンタイっぽいところがあることを朱鷺は知っているが、まさか食事にエロティックなものを感じるほどディープな面があるとは思ってもいない。パクンとウナギを口に入れ、着実にホンモノのヘンタイに近づいている雄大に、ニコニコッと可愛い笑顔を向けた。

「おいしいね」

「よし、ガッツリ食え。俺のもやりたいところだけど、味つけが違うからなぁ」

「そうなん？」

「そう。おまえのは甘くしてあるんだ。俺のはほぼ醤油味だから、おまえには食えないと思う」

「そんなに手間をかけてくれへんでもいいのに……、僕は食べさせてもらってる立場なんやから、…」

「朱鷺」

雄大は溜め息をついて軽く朱鷺を睨んだ。なに？　と言って、とまどうように箸《はし》を止めた朱鷺に、雄大はじぃーっと視線を合わせて言った。

「愛してる。愛してる。愛してる」

「…っ、こんな時になに、…」

「とことん愛してる。どっぷり愛してる。底なしに愛してる。徹底的に愛してる。おまえのおかずをおまえの舌に合わせることくらい、屁《へ》でもないくらい愛してる。愛してる愛してる

愛してる。さあ朱鷺。おまえの言うべき言葉はなんだ」

「……」

愛してるの乱射を受けて、朱鷺は顔を真っ赤にした。それでも雄大の言いたいことはしっかりと伝わった。恥ずかしくて下を向きたいのをなんとかこらえて、真っすぐに雄大の目を見て朱鷺は答えた。

「僕のために、僕の分のおかずを、僕の好きな味にしてくれて、すごく嬉しいです……」

「なんで俺がそんなことするか、ちゃんとわかってるよな?」

「わ、わかってるよ…」

「じゃあ言ってみな。なんで俺はおまえのために、おかずの味を変えてると思う? わかってるなら言えるよな? ほら朱鷺、言えよ」

「そ、そんなん…」

雄大がニヤニヤ笑いを浮かべていたなら、曖昧に流してしまえたのに、とても真剣な表情で朱鷺を見ているのだ。恥ずかしいからといってごまかすことはできない。朱鷺はますます顔を赤くして、消え入りそうな声で答えた。

「あの、雄大が…雄大に…あの、僕、あ、あ、……あ、愛されてる、から……」

「うん。ちゃんとわかってるみたいだな」

雄大はなんとも満足そうに笑った。

食事のあとはお茶の時間だ。雄大が食器類を洗っている間に、朱鷺は先にソファに移動して、テレビをつけて、ぼんやりと画面を眺めた。

(なんかこの頃の雄大、おかしいやんね……)

まるで犬にお手を教えるように、繰り返し繰り返し朱鷺に、雄大に愛されている、ということを自覚させようとする。ほとんどどうっとうしいほどに。

(そんなん、教えてもらわへんでも、僕が一番わかってるのに)

肉親への情といったルーツに根ざすものではなく、個人が個人に向ける愛情なら、この世界で自分が一番雄大に愛されていると、朱鷺はちゃんとわかっている。知っている。たとえ「愛している」と言葉にされなくても、雄大の眼差《まなざ》しや口調や、ふとした動作やなにげない言葉のかけらから、雄大の愛を波のように感じることができるのに。

(なのに、なんで雄大は、愛してる愛してる言うんかなぁ……)

自分に原因があるんかなぁと朱鷺は考えてみる。なにか雄大に、愛し足りてないと思わせるようなことを、無意識にやっているのだろうか？　だとしても、愛されて幸せ、ということを、これ以上どうやって態度に示せばいいのかわからない。朱鷺にしてみれば、ダラダラに幸福感を垂れ流しているほどなのに。

(……僕に愛されてへんって思われるより、マシかもしれへんけど)

しかしそれでは問題は解決しない。どうしようかなぁとクッションを抱えた時、夕食の片づけを終えた雄大がやってきた。

「はい、デザート」

「あ、ありがとう」

テーブルを見ると、和菓子と日本茶が載っている。朱鷺の隣に腰掛けた雄大は、和菓子を手に取って首を傾《かし》げた。

「なんか水無月《みなづき》っつー名前だったけど、どのへんが水無月なんだろうな？　あんこ玉と同じだよな？」

「あんこ玉…」

朱鷺が初めて耳にする言葉だ。どんなものなのか想像がつかなくて興味をひかれた。

「あんこ玉って、なに？」

「え、知らない？　読んで字のごとく、あんこの玉だよ」

「え、なに、あんこの玉⁉　知らへんっ、食べてみたいっ、そこの和菓子屋さんで売ってるん？」

「いや、そこにはないな。今度浅草《あさくさ》行くついでがあったら買ってきてやるよ。でもすげえ旨《うま》いってものじゃないぞ」

「ええよ、食べてみたいっ」

未知のお菓子に朱鷺は目を輝かせた。なにしろあんこの玉だ。まさか剝《む》き出しのあんこが丸めてあるだけとは思えないし、想像がつかない。東京にはまだまだ知らない和菓子があるんやねぇと嬉しく思いながら、朱鷺も水無月を手に取って言った。

「東京やと、お店によって水無月って違うやんね」

「……京都だと、水無月といえばこれって感じに、一種類しかないのか？」

「うん、そう。あのねぇ、形は三角でね、ういろうの上に小豆《あずき》が載ってんねん」

「なんでそれって決まってるんだ？」

「なんでって…、昔からそうやから。お母さんに聞けばわかんねんけど、えーとたしかねぇ、三角が氷を表してるんやなかったかなぁ。暑気払いのお菓子なん」

「へぇ、ちゃんと意味があるんだ。こっちじゃ見ないよな、その水無月。学生ん時に食べときゃよかった」

雄大はなんとも残念そうな表情を浮かべた。クスンと笑った朱鷺は、雄大が買ってきた東京の水無月を見ながら、私見を述べてみた。

「これが水無月って名前なんはたぶんね、道に落ちた雨粒を表してるからやて思うよ」

「……あ、あー、そうか。ゼラチンの中のあんこがあれか、雨粒の表面張力で地面が球体に見えてるってことなのか」

「あ、うん、まあ、うん。それで、ぽつぽつ散っている白い点は、水溜まりに落ちた雨の様子やて思う。アジサイと一緒で梅雨時のお菓子やろ」

「なるほどなぁー。雨粒の中に水溜まりを見るのか、うわ深いなー」

「あ、うん、そうやね」

これは朱鷺の想像による見立てだし、特に深いとも思わなかったが、人の感心に水を差すのは失礼だから、朱鷺はゆっくりとうなずいた。このところ雄大は、こうしてまめに季節の和菓子を買ってくる。ネーミングとデザインについてよく聞かれるので、雄大の中で和菓子のミニブームが到来しているのかなと思う。朱鷺はもともと和菓子が好きだから、雄大のミニブームは嬉しいし、葛《くず》をゼラチンと言ったり、鹿《か》の子《こ》を怪獣の卵と言う雄大が楽しい。のんびりお菓子を食べて、お茶を二杯飲んで、バラエティー番組を見てクスクス笑ったりして、こういうなんでもない時間を雄大と過ごせることが、本当に幸せだと朱鷺は思う。甘えたくなって雄大の肩に頭を載せると、雄大がふっと笑って囁いた。

「風呂、一緒に入るか」

「…っ、な…」

なにアホなこと言いだすん、と言おうとして、言葉を飲みこんだ。雄大は朱鷺をからかう時のニヤニヤ笑いは浮かべていなかった。微笑はしていたが、少しもいやらしさのない、優しい微笑だ。やっぱり雄大が変、と思った朱鷺は、そっと雄大の手を握って尋ねた。

「なに？　背中流してほしいん？」

「そう、背骨のところをゴシゴシと、というのは冗談で」

「…うん？」

「こうやってさ、家にいる時くらいは、おまえのそばを離れたくないんだ。一緒に風呂に入って、おまえを抱いて湯槽《ゆぶね》につかりたい。寝る時も、エッチしなくていいから、おまえを抱いて眠りたい」

「雄大……」

こんなことを真顔で言う雄大は、どう考えてもいつもの雄大ではない。そういえば、と朱鷺は思った。

(雄大の会社、今大変なんやんね……)

少し前に、長年の取引先との仕事を、新規参入してきた企業と取り合っていると聞いた。静かな戦争と雄大は言っていたが、その駆け引きで、きっとしんどい思いをしているのだろう。なにしろ雄大は、世界一の射出技術を持つプラスチック成形企業、添島工業の跡取り息子だ。

朱鷺は両手で雄大の手を包むと、あやすように軽くトントンと雄大の手の甲を叩きながら、静かな微笑を浮かべてそっと尋ねた。

「会社、まだ大変なん?」

「ん? どうした、いきなり」

「誤解せんといてね? 会社のことに口を出すなって言われたことは覚えてるよ。具体的にどうこう聞きたいわけやなくてね、ただ雄大が、大変なんかなって思って」

「…俺のことが心配か?」

「うん。心配や。バリバリ働く雄大が好きやけど、働きすぎは心配。家に仕事を持ちこまへん雄大も好きやけど、しんどいことを僕の前でまで我慢する雄大は心配」

「大丈夫だよ。そういう心配はしなくていい」

「うん。わかった」

あっさりと言って、朱鷺はうなずいた。雄大は心がやわやわとした。どうして朱鷺が『しんどいことを我慢する雄大』などと言いだしたのかわからないが、とにかく過剰に心配して、なにかあったに違いないと思って問い詰めてきたりしない朱鷺がとても好ましい。うるさいことは言わないよ、でもいつでも雄大のことを見ているよ、いつでもどんなことでも受けとめるよ、と思ってくれていることが、しっかりと伝わってくる。朱鷺のこういう要素は雄大にはないもので、以前はこんな朱鷺を頼りないと思っていたが、今なら柔らかいのだとわかる。葦《あし》よりもなお柔らかい、若草のような朱鷺の心。

(でも葦より踏まれやすいから、その点は俺が守らないとな)

雄大は小さくうなずくと、まだ手を握っている朱鷺に微笑を向けて、言った。

「会社のことは、ホントに心配しなくていいよ。現場の声は親父《おやじ》に上げたから。あとは親父と役員が答えを出すだけだ」

「そうなんや」

「俺はぺーぺーだから、経営判断に口を出せる立場でもないし、知恵もないしな。どうするんだろうっていう心配は、ほかの社員と同じだ」

「でも、やっぱり…、雄大のお家の会社やし…」

「そうだけど、たとえ今、俺が実家にいたとしても、親父は俺に相談なんかしてこないよ。家族の問題と会社の問題はべつだ。俺は人間としても会社人としてもまだまだ未熟だからね」

「そう……」

　自分の実家とはずいぶん違うなぁと朱鷺は思った。実家では、茶の間で両親が店の売り上げのことを話していた。朱鷺に聞かせようと思っていたわけではないだろうが、嫌でも耳に入る。だから朱鷺は小学生の時から、家の経済状態に合わせて、欲しいものを我慢してきたりした。実家のように家族のやり繰りでなんとかする超零細企業と、雄大のところのように、家族も含めると、千人以上もの人の生活を支える立派な企業では、家族の会話もずいぶんと違うんだと思った。

（でも僕は今、雄大の、は、は、配偶者、みたいなもんなんやから……）

　雄大という男を、パートナーとして支えることを考えればいいのだと思った。

　デザートを食べて、お茶を飲み終えて、テレビのバラエティ番組が終わったところで、朱鷺は風呂に入ることにした。いつものようにオレンジの香りの泡風呂につかっていると、どうしても仕事のことを考えてしまう。さっきまとまりかけたイメージをかき集め、同時に旅行雑誌で見た繊細な色合いのことも考える。

「レトロでオシャレで和風かぁ……レトロって言うてきはるくらいやから、さっき僕が思ったような日本的な情緒を出すよりも、黒で締めてシャープにしたほうがええんかなぁ……」

　老舗《しにせ》の薫香店がネットショップを立ち上げることになって、朱鷺に仕事を依頼してくれたのだ。本店もホームページを持っているということなので見てみたら、なんだかパンフレットをスキャンしてそのままアップしただけのような、こういっては失礼だが、あってもなくてもいいようなホームページだった。あれでは若い人を始め、新規のお客さんは呼びこめないだろう。

「老舗の看板にあぐらかいてはったんかねぇ」

とにかく自分の仕事は、レトロでオシャレで和風で、かつ見やすく買いやすいサイトを作ることだ。

雄大のために新たに湯槽に湯を張って風呂を出た朱鷺は、冷蔵庫から水のボトルを取ってそのままソファに直行した。雄大が入れ替わりに風呂場へ向かったのを目の端でとらえながら、棚から画集を取りだして開く。和風《わだこ》の図柄集と近代の着物図柄集だ。

「もともと東京のお店やからなぁ、京のモダンより江戸のモダンを出したほうがええんやろなぁ……」

小声で呟きながらデザインを考える。クライアントはネットショップにかなり力を入れているようで、三点、デザインを出してくれと言われている。つまりかなり高額の契約で、プレッシャーはあるけれどやりがいもあって、めずらしく朱鷺はワクワクした。画集の中の、自分の引き出しに持っていない鮮烈なデザインや、意表をつかれる色の組み合わせが、朱鷺をまたイメージ浮遊の旅に連れだす。

どれくらいそうしていただろう。我知らず微笑を浮かべて自分の世界にひたっていた時、いつの間に風呂を出たのか、ふいに雄大に抱き寄せられて、朱鷺はわあっと声をあげてしまった。

「びっ、びっくりしたっ」

「画集なんかそんな真剣に見るものか?」

　ふっと笑った雄大が、チュッと頬にキスをしてくる。夕方に引き続き、またもやいいところで邪魔をしてきた雄大に心底イライラッとしたが、やめて、と言いそうになったところでグッと奥歯を噛《か》んでこらえた。

（怒ったらダメ。あと二時間もしないで雄大は寝るんやから）

　一日のうちで一緒に過ごせる時間などたかが知れている。そして雄大は少しでもその時間を多く取ろうと、ものすごく頑張って仕事を片づけてくるのだ。だから自分もこの時間を大切にしなくてはと思う。それは本当に思うのだが、ひらめきは自分たちの都合など考えてはくれないのだ。今にも降りてきそうなひらめきを逃したくない気持ちが勝って、朱鷺は、ベッドのお誘いを匂わせるキスをしてきた雄大をそうっと押し戻した。

「ごめんなさい……あの、仕事、してもいいかな……?」

「あ?　謝ることないよ、仕事しな。朱鷺ちゃんは夜の仕事だもんな」

「うん」

　不機嫌になるかと思った雄大にからかわれて、朱鷺はホッとして仕事部屋に入った。イメージのごった煮みたいになっている頭を整理しようと、椅子《いす》に座って窓から空を眺める。都心の空には星など見えないが、月の周りを流れていく雲は見える。そこに視線を据えて考えに集中していると、なんとまあ、雄大がのっそりとやってきたではないか。朱鷺は溜め息をついた。

「雄大……」

「ああ、仕事の邪魔はしないから」

そう言って仮眠用のマットレスに腰掛けて、新聞を読み始めた。話しかけたりベタベタしてくるわけではないから、まあいいか、と思ったが、集中したい時は、新聞をめくるカサカサという音すら気になる。それも、アイデアが形になりそう、と思った瞬間を狙《ねら》ったように、ガサッと音を立てるものだから、朱鷺はイライラを抑えられなくなった。クルリと椅子を回して、雄大に言った。

「頼むから雄大、新聞読むんやったら、向こうで読んで」

「え、なんで？　邪魔してないだろ？」

「新聞をめくる音が気になんねんて」

「だっておまえ、ボーッと外を見てるだけで、べつに仕事してないじゃん。なにが気になんの？」

「……仕事してへん？」

無神経な雄大の言葉に、ついに朱鷺の我慢は限度を超えた。いつもはおっとりしている濃い茶色の瞳の奥が、メラッと赤銅色に燃える。

「あのねぇ、雄大の目にはボーッとしてるだけに見えるかもしれませんけど、これでも仕事してるんですっ」

「は？」

「今はアイデアをひねり出し中で、体は動かしてへんけど脳細胞は激しく活動中で、イメージを拾いに自分の中に深く潜っていってるところなんですっ！」

「あ、いや…」

「そういう一番集中したい時にっ、そばでガサガサ、ペラペラ音を立てられると、むっちゃ気が散るんです！　考え中の僕をボーッとしてるて思わはる雄大さんには、全然わからしませんでしょうけどっ！」

「おお……」

めずらしくはっきりと苦情を訴えた朱鷺に、雄大は目を丸くした。けれどその驚き顔はすぐに嬉しそうな表情に変わる。人の仕事邪魔して、なんで嬉しそうなん、と朱鷺がさらに苛《いら》立《だ》った時、雄大が笑顔でのんびりと言った。

「や、ごめん。まさかボーッとするのが仕事だとは思わなかった」

「……ッ!!」

火に油を注ぐとはこのことだ。キイッと頭に血を上らせた朱鷺は、ダンと椅子から立ち上がると、雄大の手から乱暴に新聞を奪い取った。

「新聞読むんやったら向こうで読み！」

「ごめんごめん、そんな怒るなよ、おまえのそばにいたかっただけだよ」

「どうせ遊んでるように見えたんやろ!?　雄大のアホッアホッアホッ、出ていきーっ！」

「だからごめんって、おまえの『会社』に押しかけた俺が悪かった、退散するから」

仕事部屋からグイグイ押しだされた雄大は、そこでクルッと振り返って、ギュッと朱鷺を抱きしめて言った。

「はい、おやすみ、朱鷺。チューして」

「ふざけ…っ」

文句を言おうとした口はキスでふさがれた。朱鷺があらがっても、体を抱きしめる腕も、頭を抱える手も緩まない。おやすみのキスにしては濃厚すぎる口づけを受けるうちに、朱鷺の怒りは水に沈むように落ち着いていく。いくらムカムカしていても、やっぱり大好きな雄大に舌を吸われることや、きつく抱きしめてもらうことは気持ちがいいのだ。

ゆっくりと唇が離れると、朱鷺は若干トロンとした目で雄大を見上げて、そっと言った。

「怒ってごめんなさい…、イライラして…」

「ここはおまえの謝るところじゃない。まだわかんないのかな、このまま布団にかっさらうぞ?」

「えっ、あのっ、今夜はダメ…っ」

「嘘《うそ》だよ」

雄大は苦笑をして、軽く朱鷺の額にキスを落として体を放した。

「じゃ、俺は先に休ませてもらう。冷蔵庫にプリン、冷凍庫に焼きおにぎりがあるから、腹が減ったら食えよ」

「あ、うん…」

「愛してる。愛してるよ、朱鷺。おやすみ」

「おやすみなさい…」

最後にもう一度、軽くチュッとキスをくれて雄大は寝室に足を向けた。朱鷺はそうっと仕事部屋の引き戸を閉めると、キスの余韻の残る唇にふれ、ホッと息をついて呟いた。

「なんで雄大、こんなに僕に甘いん…？」

しつこいくらいの愛情表現だ。やはり自分に対してなにか思うところがあるのだろうが、それがなんなのかがわからない。なんとかしんと、と朱鷺はまた溜め息をこぼした。

「とにかく僕は早くアイデア固めて、それで雄大に思いきり甘えてみよう」

どうすれば思いきり甘えることになるんかやり方がわかれへんけど、それはその時になればなんとかなるやろと思い、朱鷺はふうっと息をついて、再び夜空に目を向けた。


翌日は梅雨らしく、朝から大雨だった。

雨の日の朱鷺は、目覚めは悪いし、テンションも低くなる。気圧の低さや湿度の高さがなにか体に作用しているのだと朱鷺は思っているが、とにかく雨の日は頭も体もグダグダになって、雄大に「朝メシ」と声をかけられても起きることができない。雄大も、雨の日の朱鷺は猫と同じと心得ているから、無理に起こさずに出社してしまう。

そんな調子だから、昼過ぎにようやく起きて、起き抜けメールチェックをしていて、クライアントからのメールを開いた朱鷺は、内容を読んで思考が停止した。

「……意味がわからへん……」

三回読み直したが、やっぱり意味がわからない。自分のグダグダ加減はわかっているから、ちゃんと目を覚まさんとアカンと思って、ふらふらと風呂場に向かった。ぼーっとシャワーを浴びているうちに頭もしゃっきりする。これで大丈夫、と思って仕事場に戻り、謎《なぞ》のメールを読み返してみたが、頭はしゃっきりしているのにやっぱり意味がわからない。

「もっとズバーンと光る…？　ズバーンと光るって、どういうこと…？」

クライアントは音楽事務所で、売りだし中のミュージシャンの特集ページを頼まれている。対面で打ち合わせもしたし、いただいたアルバムも聞いて、注文どおり、イメージどおりに作ったつもりだったがリテイク。それは構わないが、「もっとズバーンと光る」という注文の意味がわからない。

「僕の作ったこれも、ちゃんと光ってるやんね？」

ファイルを開けてじっくりと見てみた。雪が降り積もる砂漠。サボテンにも雪が積もっている。青空に舞うのはダイヤモンドダスト。背後の岩山から顔を覗《のぞ》かせた朝日が、雪に突き刺したアルバムに当たって、アルバムをパアッと輝かせる。ジャケットデザイナーから渡された画像を加工して、注文どおりに作ったはずだ。

「ズバーンと…、ズバーンと？　この朝日をもっと明るくするんかな？　それともダイヤモンドダスト自体をもっとキラキラにして、吹雪《ふぶき》みたいに派手に動かすんかな?」

判断がつかないから修正の方向も決まらない。もっと具体的な指示を仰ごうと思って担当者に電話をかけてみたら、担当者曰《いわ》く、

『いただいた作品もとても素晴らしいと思うんですよ、ええ、透明感があって凜として清々《すがすが》しくて。でもこう、パンチが足りないと申しますか、ロックらしく、彼らのパワーでこの雪を溶かすという、そういう力強さを出していただきたいと思いましてね、サアッと朝日が差すんじゃなくて、ズバーンとね、ズバーンとビカーッと、ロックパワーッて感じで光らせていただきたいんですよ』

……ということだった。言いたいことはわかった。なにを修正するのかもわかった。けれどその「ズバーンでビカーッ」というデザイン的な要素が自分の中にない。

「真正面から車のライトを見たような感じかな? それとも真夏の太陽のギラギラ感?あーもー、どうしよ」

困って、癖で窓の外を見て、がっくりと肩を落とした。雨、雨、雨。これではちっとも光らない。やる気が萎《な》えた。

頭の片隅にズバーンでビカーッを引っかけながら、べつのクライアントの仕事を進める。アイデアを考えなくてもいい更新作業だ。普通の人ならお茶を飲む三時に、雄大が用意していってくれた朝食をとり、また仕事。雨は一向に降りやまないし、おかげでむやみに眠いし、肩が凝って頭まで痛くなって、これはダメだと頭痛薬を飲みに部屋を出た。台所で立ったま

ま薬を飲んでいると、もうそんな時間になったのか、雄大が帰宅した。

「ただいまー」

「…ん、お帰りなさい」

「俺の朱鷺ー、ただいまのキス……、なに、薬飲んでたのか？　風邪《かぜ》？」

着替える前に顔を見せてくれた雄大が、朱鷺の手に薬のシートを認めて、ふざけた顔を心配そうな表情に変えた。朱鷺は疲れた声で、違う、と答えた。

「痛み止め。肩凝りでいつもの頭痛なん」

「ああ、着替えたら揉《も》んでやるよ」

「あ、いい、遠慮します」

「朱鷺、そういう遠慮は、…」

「そういう遠慮と違います。雄大、力強すぎるんやもん。前に揉んでもらった時、次の日痛くて困ったし」

「じゃあ今日は手加減するから。着替えてくるからそこにいろ。仕事部屋に戻るなよ、いいな？」

ちょっときつく言われて、雄大のこういう優しさが嬉しくて、朱鷺はふわっと微笑ってうなずいた。

着替えてきた雄大がソファに座り、その前の床に朱鷺が体育座りをする。この体勢が肩揉みには一番いいというのが雄大の持論なのだ。手加減をすると言ったとおり、ギュウ、ギュウ、と凝っている部分を押してくれる雄大の指は、力加減も申し分なくて気持ちがいい。頭上で雄大が言った。
「これくらいなら痛くないか?」

「うん、すごく気持ちいい……」

「よし。そのままうっとりしてろ」

「ごめんね雄大、ありがとう……」

「ごめんねはよけい。それにしても肩、カチカチだぞ。なんか細かい作業してたのか」

「ううん、たぶん、雨やからやと思う。あ、そうや雄大っ、雄大の意見が聞きたいんやけどっ」

ガバッと雄大のほうを振り返った。雄大は、うん、とうなずくと、朱鷺の体を前に向き戻して、肩揉みを続行しながら言った。

「なに? 俺で役に立てればいいけど」

「あのね、クライアントからリテイク出てんけど、注文の意味がわからへんねん。商品に後ろから光が当たってる画像なんやけど、それがね、もっとズバーンでビカーッと光ってるようにしてくれってことなんや」

「うん。で?」

「そやからね、その、ズバーンでビカーッていうんがよおわからへんねん。そんな、音で言われたってねぇ……」

「そうか？　俺はなんとなくわかるけど」

「ホンマ!?」

またもや朱鷺はガバッと振り返った。

「ズバーンでビカーッて、どんなん!?」

「いやだから、こんな感じだろ。ズバーン、ビカーッ」

「……」

雄大は派手な身振りを披露した。砲丸投げのポーズのようにも、お笑い芸人の奇妙なポーズのようにも見える。朱鷺はますますわからなくなった。

「あの、光ってる、状況なんやけど…」

「だから、これがズバーンと光ってる感じで」

「うん……」

「これがビカーッ。な？　ズバーン、ビカーッ。こんな感じだよ」

「……」

クライアントから擬音で言われて混乱し、雄大には奇態なポーズで説明されてさらに混乱を深めた。これは東京の人にならなら通じる、なにか電波のようなものなのだろうか。真面目《まじめ》にそう思った朱鷺は、言葉や態度で説明されても埒《らち》が明かないと思い、立ち上がって雄大の手を取った。

「悪いんやけど、ちょっと画像見ながら説明してくれへん？」

「あー、いいよ」

雄大を連れて仕事部屋に戻った朱鷺は、画像ソフトを立ち上げて、適当な画像を使って「光が差しこんでいる」効果を見せた。

「今僕が出してるのが、こんな感じなん。これ、ズバーンでビカーッやないん？」

「違う違う。これだと清らかって感じだよ。もっと強烈に…」

「こう？」

「うーん、違うなぁ。明るさじゃなくて、派手さだと思う。ここに跳ね返ってさ、こっちにもこっちにも反射させてみて」

「……、こう？」

「あ、近い近い。そんでもっとギラギラッと。太陽光じゃなくてビームみたいに」

「ええ～？　……こう？」

「そうそうっ、これこれっ、これがズバーンでビカーッだよっ」

「はあ、これかぁ……」

朱鷺は呆《あき》れ半分、感心半分の溜め息をついた。たしかにこれならズバーンでビカーッだろうが、これでは「朝日が照らす」ではなく、まさに雄大が言ったとおりに「ビームが当たる」という効果だ。雄大に相談しなければ、いくらズバーンでビカーッと言われても、朝日をビームに変えるなんて思いもつかないところだった。画像処理の数値を残しておきたいので、ソフトを立ち上げたままパソコンをスリープモードにすると、朱鷺は椅子に座ったまま雄大の腹に頭を寄せた。

「ありがと雄大、すごく助かりました。これで出してみる」

「そっか。オーケー出るといいな」

「ホンマや。もう、ズバーン、ビカーッなんて言わんと、ビームって言うてくれはったらよかったのに……」

「まあほら、感覚でしかものを言えない人っているから」

「うん……」

そっと抱きしめ返してくれた雄大が、頭を撫でてくれる。その手や、雄大の体温に、自分でもびっくりするくらいの安堵を覚えた。心が柔らかくなって、凝っていた肩までほぐれていく気がして、朱鷺は雄大の腹にギュウッと顔を押しつけた。

「ん？　どうした？」

優しい声で聞かれて、朱鷺は無自覚に甘える声で答えた。

「ん……、雄大がそばにいてくれて、よかったなって……」

「そうでしょう、そうでしょう、ぬいぐるみよりは役に立つでしょう」

「ぬいぐるみやなんて……」

「よしよし。朱鷺は偉いよ。偉いよ、朱鷺は。今までずっと一人で頑張ってきたんだもんな」

「……、あれ？」

ずっと一人で頑張ってきた……、そう言われたとたん、ふいに涙があふれてきた。自分でも理由がわからなくて、困って、泣き笑いのかすれた声で雄大に言った。

「な、なんか、泣けちゃうんやけど……、変やね、どうして……」

「いいんじゃない？　気が抜けたんだよ」

「気が抜け…？」

「そ。今は俺っていう、弱音を吐ける男がいるわけだから。なんかわからんがつらい、という時は、我慢しないで俺に寄りかかりな」

「んっ、もう……っ、涙、止まらへ…っ」

「いい感じ、いい感じ。一人で煮詰まってヒス起こすのもいいけど、こうやって甘えてくれるほうが俺は嬉しいよ」

「んん……っ」

本当に涙が止まらなくなった。実感した。今の自分には、支えてくれる人がいる。自分は雄大に支えてもらっている。それは初めて味わう幸福だった。

「雄大、雄大…っ、雄大…っ」

「大丈夫、大丈夫。いつもおまえのそばにいるから。ずっとおまえのそばにいるから。泣きたい時はいつでも俺を使いな」

「ん…っ、ゆうだ…っ」

「愛してるよ、朱鷺、愛してる。泣いても怒っても愛してる。肩が凝り凝りのおまえが好きだし、お家大好きの臆病《おくびょう》猫みたいなおまえも好き」

「ん…、うん…」

「安心しろ。もうおまえは一人じゃない」

「ん……」

言葉が胸に染みる。雄大の愛してる攻撃を、うっとうしいと思う時もあった自分が恥ずかしくなった。言葉は大切だと思った。想《おも》う気持ちをきちんと伝えることは、とても大事なことなのだとわかった。

雄大の腰に腕を回し、そっと顔を上げて朱鷺は言った。

「雄大…？」

「ん？」

「愛してる……、僕も、雄大のこと、すごく愛してるよ……」

気負わず、自然に、言葉が出た。うん、とうなずいた雄大が、ひどく幸せそうに微笑した。無邪気なほど嬉しそうな微笑だ。それを見て、朱鷺は本当に今さら気がついた。

（雄大も、僕に言われると嬉しいんや……）

愛しているという言葉を。

数えきれないほどキスをして、体を重ねて、一緒に暮らしていて、お互いに愛し愛されていることはわかっている。それでもちゃんと、言葉にすることは大切なのだと、本当にようやく、わかった。

（愛しているという言葉を言うのは恥ずかしいよ、恥ずかしいけど……）

恥ずかしい理由は本心だからだ。だったらよけいに、見ることのできない心の中のことは伝えなければいけない。心に響くのは、やっぱり言葉だ。

たとえば雄大がこんな嬉しそうな微笑を浮かべてくれるなら、雄大を幸せな気分にできるのなら、本当の言葉を言うのは恥ずかしいことでもなんでもない。

「雄大……、好き…愛してるよ……」

「うん。うん……」

ギュウッと朱鷺の頭を抱きしめた雄大が、満足そうに深い息をついた。自分が雄大に甘えているのに、逆に雄大に甘えられている気がして、おかしくて、朱鷺がふふっと笑った時、髪をくしゃくしゃとかき回して雄大が言った。

「早くおまえを連れていきたいよ」

「うん…?」

「綺麗な景色を一緒に見て、おいしい料理を一緒に食って、バカみたいに幸せ気分を味わいたい」

「う、ん?」

「新婚旅行だよ。どこ行きたいか、もうそろそろ決めたか?」

「あ、ごめん、まだ考え中」

朱鷺の答えに、そっかー、と言った雄大が、今度は残念そうな溜め息をついた。朱鷺は雄大の腹に顔をうずめたまま、突如、そのことに気づいて固まった。

（本気やってんや！　僕は二人きりで旅行に行くのが楽しみで、雄大もそうやとばっかり……、ふざけて新婚旅行って言うてるんかと思ってたら……）

雄大は本当の本気で「新婚旅行」というものに行きたいのだと、今の今、悟った。それも、「バカみたいに幸せ気分を味わいたい」ために。だったらマズイと朱鷺は思った。どんなにバカらしいと思っても、雄大が本気で新婚旅行を大事なことと思っているなら、いつ休みが取れるかワカリマセーンという態度を取るのは、どう考えても失礼だ。朱鷺は焦って雄大を見上げた。

「あの、ごめんなさい、旅行……、休みの調整、なんとかするから、…」

「ああ、それはわかってる。来週にも行こうって言ってるわけじゃないんだ、焦らなくていい。とりあえず、行くところくらいは決めたいかなって」

「あ、うん……、ごめんなさい、考え中で……」

「だから謝らなくていいんだよ」

申し訳なさそうな朱鷺の頭をよしよしと撫でて、雄大は優しく言った。

「大丈夫。近いうちに住民票は移すから。まずはそれで、結婚気分シーズン1を楽しもう」

「うん……」

結婚気分……。

朱鷺はパフンと雄大に抱きついた。これまでだったらげっそりしてしまっただろう、雄大の甘々ファンタジー発言が、今はくすぐったくて、嬉しかった。

雄大が平社員として勤める添島工業は、東京駅からJRで十分の場所にある。戦前は中小の工場が立ち並ぶ工場地帯だったが、戦争で焼け野原になったあと、工場と住宅が混在する現在の様子になった。戦時中、軍需品を運ぶ目的で敷設された線路は、今は人々を乗せて走る、フツーの列車線路として残っている。

窓からJRの高架が見える添島工業の本社は、空色の外壁の四階建てビルだ。周りに住宅が多いので、なるべく威圧感を与えないように片流れの造りになっていて、しかもビルの角は直角ではなく丸くしてある。明かり取り兼オシャレ要素で外壁に埋め込まれている半透明のガラスレンガは、実は自社製品のプラスチックだし、正面入口の、アルミの門柱にしか見えない照明も、これまた自社製品のプラスチックの製だ。雄大は今、本社裏手の第一工場から、試作品を手にその照明が照らす入口を入った。

二階のワンフロアぶち抜きの「事務室」に入り、資財部と品質管理部の部長に声をかけた。

「鈴江《すずえ》さん、ちょっといいですか。蔵田《くらた》さん、蔵田さーん！　すみません、ちょっと！」

中小企業ならではの、風通しのよすぎる社内だ。部署ごとに紙で書類を上げるなんてことはしない。三人で窓際に立ったまま、雄大は試作品を二人に見せた。

「チップにバラツキがあるみたいなんですよ。出るはずのない、こんな色が出ちゃって。醍《だい》醐《ご》さんと、粘度、温度、速度を何回も変えてやってみたんですが、一番いい結果がこれなんです」

「あ、こりゃ、塗料の金属含有率が、頼んだのと違うんだなぁ」

資財部の鈴江がパッと言う。雄大もうなずいた。

「強度テストに回す前に、チップ変えたほうがいいかと思って持ってきたんです。蔵田さん、どう思われますか」

「うん、これは出せないよ。素人目《しろうとめ》にはわからなくても、俺たちが見たら一発で不均衡がわかるもん。強度テストに回すだけ無駄だ」

「ですよね。じゃ鈴江さん、これ、きっちり正しいチップを納入してくれるようにお願いできますか。俺は社長に上げてきますから」

「社長、設計にいるよ」

「はい、ありがとうございます」

鈴江に教えてもらって、雄大はぺこりと頭を下げると、今度は四階の設計室に足早に向かった。設計はプラスチック成形でもっとも重要なものなので、四階の一番見晴らしのいいフロアを使ってもらっている。その設計室に入ると、社長である雄大の父親は、設計職人とでもいうべき社員と額を突き合わせてなにか話していた。

「社長、ちょっといいですか」

「うん」

設計図に視線を据えて、首をひねりながら振り返った父親に、雄大は、鈴江と蔵田に話したことと同じことを話した。

「それで鈴江さんに、チップの入れ直しをお願いしてあります」

「ああ、これはダメだ、こんなのウチじゃなくても作れる。このオーロラシリーズは相手さんの最上級シリーズに使うもんだから、こんなハンパなものは入れられない。青柳《あおやぎ》の社長のところに行くよ」

「今日、これからですか?」

「いや、まず鈴江さんから言ってもらって、それでダメなら俺が行く」

はい、とうなずいたところで、終業の音楽が流れた。雄大は内心でチッと舌打ちすると、父親に頭を下げて設計室を小走りに出た。通路に出て、階段を下りながら秘書の油科《ゆしな》にケータイをかける。

「…紗絵《さえ》さん? 検査協会のほうはどう……、あ、通った? よかった、うん。第二工場の育休のあれは……まだパートさん、尻込みしてる? んじゃもう一回、俺が行くから、あ、ちょっと待って」

事務室に入り、鈴江に不良の試作品を渡し、油科さんが取りに来ますと伝えて、再びケータイに戻る。

「鈴江さんに試作品、預けてあるから、それ社長室に戻しておいてください。工場戻って機械落としたら上がる予定なんだけど、なにかある……いやそんなの聞いてないよ、社長からも聞いてない、いいから断っちゃって。紗絵さんに直接連絡来たの？　なに考えてんだ、あそこの社長……、とにかく、はい、俺はそろそろ上がります。はい、お疲れさま」

ピッと通話を切ってビルを出て、工場に走って工場長の醍醐にいきさつを話し、機械を落とす。また事務室に戻ってタイムカードを押し、自分のデスクで作業着の上着を脱いで、スーツの上着を着る。最後に、お先に失礼しますと社員に頭を下げて、ビルを出たところでケータイが鳴った。父親からだ。

「親父？　なに？」

タイムカードを押し、社を出てからは、社長ではなく親父と父親を呼ぶ。

「あ、そうなの？　うん、いいよ。……うん、わかった。じゃ」

ケータイを切り、駅へ向かおうとしていた足をビル裏手の駐車場へ向けながら、今度は朱鷺のケータイに繋ぐ。

「あ、俺。ちょっと帰り遅くなるから。……あー、と、七時半頃かな。……うん、気をつけて帰る。じゃ」

さすがに社の敷地内では愛していると言えなくて、くそうと思いながら父親の車に乗りこんだ。先ほど父親からかかってきたケータイは、おじいちゃんから佃煮《つくだに》が届いたから持って帰れ、ついでに俺を家に送ってくれ、というものだったのだ。運転席で三十分ほど待ち、やってきた父親を乗せて、自宅へと向かった。

「そういえばさっき、紗絵さんから聞いたけど、日新《にっしん》の社長が俺に会いたいって。親父、あの話、断ったんじゃないの？」

「断ったよ。まだ半人前だし、本人にもその気はないってさ。おっとりしていいお嬢さんだけど、取引先の娘と結婚させたら、変なしがらみができるからなぁ」

「結婚させたらって、なんだよそれ。俺は自分で選んだ人と一緒になるから」

「わかってるよ、おまえ、彼女いるもんなぁ」

「そう。そのへんは親父の思いどおりになると思わないでほしい。覚悟しといて」

「覚悟って、大げさだなぁ」

父親はふふっと笑ったが、本当に覚悟しといてよと雄大は思った。なにしろ息子が付き合っているのは彼女ではなく彼氏だ。以前、朱鷺をデートに連れていく時に父親に車を借りたら、そこから「彼女」の存在が知れてしまった。翌日車を返しに行ったことから、一泊をともにするほど深い関係の「彼女」だと、両親にバレている。

父親がまたふふっと笑って言った。

「お母さんから聞いたけど、彼女、おまえと結婚してくれる気がないんだって？」

「ない。それでこの間、喧嘩した」

「そうなのか。まあ、そういうことは当人同士の問題だからな。お母さんはかなり気にしてるけどな」

「親父はどう思ってるの」

「俺はまぁ、おまえの好きにすればいいと思ってるよ。ただまぁ、協栄《きょうえい》物産とこの息子みたいなことは困るけどなぁ」

父親が苦笑した。「協栄物産とこの息子」は、創業四十周年の記念パーティの席上で、「僕は父の跡を継ぐつもりはありません」と大爆弾発言をした。それからもう十年は経つのに、未《いま》だに話のネタにされる伝説の息子なのだ。雄大はふっと笑って答えた。

「うん、親父の跡は継ぐから、それは心配しなくていいよ。それよりその協栄物産の息子さんて、今どうしてるの?」

「うん、大学を卒業して、どこだかの音響メーカーに勤めたって聞いたなぁ」

雄大はふいっと話題をすり替えて、そのあとはどうでもいい話をしながら自宅へ向かった。社から自宅までは車で二十分の距離だ。家から歩いて隅田川《すみだがわ》へ出られるが、周りには工場やビルが多くて、下町といって思い浮かべるような情緒はほとんどない。自宅の車庫に車を入れて、ただいま、と言って玄関に入ると、母親がひょいと台所から顔を出した。

「お帰んなさい。あれ、あんたも一緒だったんだ」

「うん、佃煮取りにきた。どれもらっていいの」

「全部、半分ずつ持っていけばいいよ。ウチはお父さんと二人だし、あんたのとこも二人でしょ。半分にしたらちょうどいい」

台所に入ると夕食のいい匂いがした。マーボードウフだ。ウチはなににしようかなと考えながら急須《きゅうす》に茶葉を入れていると、部屋着に着替えた父親がやってきた。父親の分もお茶をいれ、二人でのんびりテレビを見ながら一服する。そのうちに母親が、プラスチックの密閉容器に詰めた佃煮を持ってきた。

「はい、これ。ラップで包んであるから匂いはしないと思うけど」

「んー。なんか袋ちょうだい、ビニール袋。あ、それでいい」

コンビニのレジ袋に佃煮を入れ、お茶をすすった雄大は、ああ、と思いだして母親に言った。

「そう俺、住民票移すから」

「…え？」

ピクッと動きを止めた母親は、とまどうような声で言った。

「住民票移すって……、お友達のところに？」

「うん、そう。近いうちに」

「それはちょっと、お母さんは賛成できないな」

「なんで？」

母親の反対は想定内だ。わざと、いかにも意外、といった表情を作って母親を見ると、母親は少し首を傾げて答えた。

「アパートでも借りて一人暮らしするっていうならいいけどさ、病気がちのお友達のところにすっかり住んじゃうっていうのは、お友達にもあんたにもよくないと思うよ」

「相互依存しすぎるって心配？」

「うん、まあ、そういうことかなぁ」

ゆっくりと母親はうなずいた。この反対理由も雄大の想定内だ。そもそもが朱鷺のことを「情緒不安定のお友達」と言って、両親に居候を納得させたわけだから、その延長線上で本格的な同居と考えたら、当然、雄大が病気のお友達をしょいこむ構図に見えるだろう。そこまでする義理はない、というのが母親の本音だろうと雄大は思う。

雄大をうかがうような視線を向ける母親に、ズズッとお茶をすすって雄大は答えた。

「あいつのことならもう心配ないよ。ホームシックと仕事のストレスと、在宅勤務で家から出ないから、孤独で激ヘコみしてたってところだから」

「でもさぁ…」

「グワーッと愚痴と弱音吐かせたら、立ち直った。一人で頑張りすぎてたんだよ、あいつ。今は電話やメールで俺が話相手になってやれるし、実家にもまめに電話してるから、俺がそばにいなくても大丈夫なんだ。だから引っ越しは、あいつのためじゃなくて、俺の自立のためなんだ」

「だったらちゃんと部屋借りて、一人でやりなさいよ。あんたなんかが四六時中そばにいたら、今度は逆にお友達の迷惑になるじゃない」

「いやそこは、需要と供給っていうかさ」

私情を挟まないという戦略に沿って、雄大は母親を納得させにかかった。

「あいつ、3LDKのマンション、持ってんだよ。で、一部屋丸々余ってるわけ。今俺が使わせてもらってる部屋がそこで、これからも俺がそこを使ったって、あいつの生活スペースは侵犯しないわけ。さらに一番の利点は、敷金、礼金、手数料ナシで部屋を借りられるところだよ。もちろん更新料もない。これは俺にとってすごく魅力的」

「でもねぇ、家の中に他人がいるのって、それだけでお友達が気を遣うでしょ?」

「そうでもないと思うよ。顔を合わせるのは晩メシの時くらいだし。俺は会社勤めであいつは自営だろ? 生活時間がずれてるんだ。それに今は生活費は全部あいつ持ちだけど、ちゃんと俺が越せば光熱費も半分出せるし、あいつも助かるじゃない」

「そうかもしれないけど…」

「難しく考えないで、単純にルームシェアだと思ってよ」

雄大はニコッと笑って話を切り上げた。説明は尽くした、これで大丈夫だろうと思っているが、一つ大切なことを忘れている。母親にとって子供はいくつになろうが子供のままで、心配しようと思ったら限りなく心配できるということだ。母親は雄大の一人暮らしについてはなにも心配していないが、気になるのは部屋を貸してくれるお友達のほうだ。

これまでは精神的に不安定なお友達を気の毒に思って、あれこれ聞くことは遠慮してきた。けれど雄大が住民票を移すほどしっかりと、生活の拠点を向こうに移すとなると、どうしてもそのお友達個人のことが気になる。母親として、当たり前のことだろう。自分たちのやりとりを聞いているのに、聞こえていない振りをする父親にちらりと視線を向け、母親は言った。

「お友達……、椎名くんだっけ? 自営ってさ、なにをやっているの?」

「は?」

「だってさ、マンション持ってるなんて、すごいじゃない。あんたと同い歳《どし》なんでしょ?」

「あー。あいつはデザイナーだよ。WEBデザイン。ウチの会社のホームページもあいつが作ってくれてる」

「お、そうなのか?」

いきなり口を挟んできたのは父親だ。母親がピクッと眉を動かしたが、それに気づかない振りをして、笑顔で父親は続けた。

「いやさ、今の人にホームページを頼んでから、新規の取り引きが増えたんだよ。今までウチとは縁のなかったような個人商店とか、めずらしいところではNPOからも注文もらったよ」

「そりゃ、今までのうちのホームページがダメすぎたんだって」

雄大は苦笑した。

「会社案内の表紙と、会社概要だけアップしてたんだろ? 電話帳見るのと変わんなかったじゃん」

「そうなんだよなぁ。今思うと、視線が内向きになってたんだよなぁ。営業の若い奴らの発案だったけど、やらせてみてよかったよ。そうか、おまえの友達はウチのを作ってくれてる人なのか。あれだな、雄大、縁てやつだなぁ」

なにが嬉しいのかわからないが、父親は嬉しそうな表情だ。自社の増益に貢献してくれている人、とわかったとたん、会ったこともない朱鷺に、若干の身内感情を抱いたのだろう。親父はこれで陥落、と思った雄大に、もう、という母親の不満そうな声が聞こえた。

「お父さんは簡単なんだから」

「いいじゃないか。学生時代からの友人で、お互いによく知っているんだし」

「雄大は知ってるでしょうけど、わたしたちは知らないじゃないですか」

おいおい、と苦笑しながら言う父親をさえぎって、母親は雄大を見た。

「賃貸と違って自宅となると、税金なんかもかかるのよ？　それは椎名くんが負担するんでしょう？」

「あー、そうなるのかな？」

「だったら普通のルームシェアとは違うじゃない。あんたみたいな図体のでかいのが住むとなったら、一度ちゃんとご挨拶《あいさつ》に行って、お母さんからもお願いしないと」

「いや、俺もあいつも子供じゃないし、…」

「とにかく、一度椎名くんとお会いして、お話させてもらって。住民票移すならそれからよ」

「……了解」

素直にうなずいて、ついでに、ごもっとも、というような笑顔を見せた雄大だが、内心ではマズイぞと思った。朱鷺がどんな人物なのか見極めたいという母親の思いが、ビンビンに伝わってくる。

（おふくろの言うことはホント、ごもっともだけど、朱鷺に会わせるのはマズいよなぁ……）

自分たちが本当に、ただの友人同士なら構わない。けれど実際は恋人同士で、朱鷺は添島工業の跡取り息子という雄大の立場を、重く感じている。一時など、会社のために妻を娶《めと》れと、本気で雄大に迫った朱鷺だ。最近ようやく、雄大の伴侶でいていいのだと信じ、落ち着いてきた朱鷺に、「添島工業の大奥様」なんか会わせるわけにはいかないではないか。朱鷺がどれほどのプレッシャーを感じるか、雄大にも計り知れない。

（それに恋人のお母さんに会うなんて、形はどうあれ、値踏みされてるみたいに感じていやだろうし）

さらにそのあと、やっぱり同居反対、なんて言われたら、ムチャクチャ不愉快になるだろう。

（……ダメだ。こんなこと、あいつに言えない。朱鷺とおふくろを会わせるわけにはいかない。住民票のことは、いったん棚上げだ）

くそ、と雄大は内心で毒づいた。住民票を移すと告げた時の、朱鷺の嬉しそうな顔を思いだすと、チクチクと胸が痛む。だからといって強引にことを運んで、あとでゴタゴタした時に、一番悲しむのは朱鷺なのだ。

（あー、くっそ、思うようにいかねぇなぁ～……）

雄大はズッとお茶を飲み干すと、佃煮を持って立ち上がった。ニコッと母親に笑顔を向けて言った。

「じゃ俺、帰るわ」

帰る。その言葉を使うことが、今雄大にできる精一杯の意思表示だった。

一方、朱鷺は、今か今かと雄大の帰りを待っていた。

「ズバーンでビカーッやったよ、雄大ぃ」

クッションを抱えてソファに転がって、ニコニコ、ニコニコしている。例のズバーンでビカーッのファイルを、雄大の意見に従って修正、戻したら、一発でオーケーが出た。クライアントから、七割お世辞だろうが盛大に誉められて、嬉しくて、早く雄大に伝えたいのだ。キューーッと体を丸めて足先をパタパタさせていると、ガチャッと玄関ドアの開く音がした。

「雄大っ、お帰りなさい、雄大っ」

「おー、ただいま。なんだ、どうした、可愛いぞ」

玄関まで迎えに飛んで出て、パフンと抱きついたら、雄大に笑い混じりの声で言われた。そのまま肩を抱かれて居間に戻る。雄大がコトンと食卓にビニール袋を置き、ソファにカバンと上着を投げ、ギュギュギュとネクタイを緩める間も雄大にくっついたまま、朱鷺はニコニコ顔で報告した。

「あのね、この間のズバーンでビカーッがね、クライアントからオーケー出てんよっ」

「おー、よかったじゃん」

「めっちゃ誉めてくれはってん、もう全部雄大のおかげや、大感謝っ、ありがとう雄大っ」

「バカ、違うよ。俺のおかげじゃないよ、おまえの実力だよ！」

雄大はガシッと朱鷺の肩を掴むと、ガクガクと揺さぶりながらそう言った。いきなりの体育会系のノリにびっくりした朱鷺が、雄大？と目を丸くすると、雄大は朱鷺の頭をグリグリ撫でたり、バンバン肩を叩いたり、ますます熱くなって言った。

「ズバーンでビカーッは、俺がいなくたって、おまえは自分でレーザー光線にたどりついたはずだ。絶対そうなんだっ」

「あの、雄大？　ねぇ、…」

「おまえはすごい奴なんだよ、立派なんだよ！　二十五歳で事務所構えて、社長だぞっ、俺なんかおまえに比べたらミジンコだよ、な!?」

「ねえ、雄大、雄大、…」

「WEBデザインの椎名朱鷺っつったら、日本の省エネ技術くらい最新最高なんだっ、すごい男なんだよ、朱鷺はっ」

「雄大…」

ギュウと雄大に抱きついた。興奮気味に喋《しゃべ》る雄大は、朱鷺をおだてたり、甘やかしたりする時とはまったく違う。なんだか怒っているようにも感じられて、WEBデザインという言葉から察して、朱鷺はそっと雄大に尋ねた。

「雄大の会社の、あの、添島工業のサイトのことで、なにか言われた？」

「あ？　いや、全然。むしろ親父は手放しで誉めてた。おまえにホームページ作ってもらってから、取り引きが増えたって」

「あ、そうなんや、よかった、…」

「おまえのおかげでウチは増益、増益、朱鷺様々なんだっ、な!? わかるだろ、おまえはすごいんだっ」

「あの、うん、ありがと…」

ギリギリと肩を摑んで雄大は力説する。朱鷺はイタタと思いながらそっと雄大の手を外すと、どう見ても様子のおかしい雄大に、再び尋ねた。

「あの、会社でなにかあった?」

「いーや、なんにもない」

「あ、そうなん…」

雄大はドがつくほどきっぱりと否定した。ムキになっている感じだ。ということは、やはり会社でなにかあったのだろう。朱鷺は内心で溜め息をついた。

(だったら僕には、なにも言えへん)

雄大に対する自分の立場や権利……つまり、雄大の妻ではないという問題ではなく、戦うフィールドが違うからだ。朱鷺は添島工業のことはおろか、会社という仕組み自体を知らない。自分には理解できない「会社の問題」というフィールドに首を突っこんでも、そこでは自分は雄大の力になれないことはわかっている。

(僕が力になれるっていったら、仕事を離れた雄大のそばにいることだけやもん)

朱鷺はふっと吐息をついて、微笑を浮かべて雄大を見上げた。

「ね、お腹空《なかす》いてん。今日はどんなおいしいもの、食べさせてくれるん?」

「あ、ごめん、すぐメシに…、そうそう、佃煮もらってきた。これ取りに実家に寄ってたから帰りが遅くなったんだ」

朱鷺に「メシを食わせる」ことに喜びを感じるらしい雄大の気をうまく使って、話題を変えることに成功した朱鷺は、雄大がビニール袋から取りだした密閉容器を見てちょっと首を傾げた。

「佃煮? やっぱり関東風なん?」

「あー、どうだろな。じいちゃんが旨い佃煮屋の近所に住んでてさ、気が向くと送ってくれるんだ」

「おじいちゃん、遠くに住んではるん?」

「いや、車で十分くらい。前はチャリで三十分かけて家まで来てたけど、もう歳だからっつって親父が禁止した」

「そうやねえ、遠出は危ないもんねぇ」

「まあとにかく、それくらい旨い佃煮なんだ。つーか、俺は旨いと思うけど、おまえにはしょっぱいかな。いやでも、学生の時に食ってた昆布の佃煮は、こっちと味は変わらなかった気がするんだよなぁ」

「どうなんやろうね? とにかく食べてみたい。辛かったらお茶漬けにして食べるし」

「じゃ、すぐメシにするから。着替えてくる」

朱鷺は、はい、と笑顔で答えて、自室に向かう雄大を見送った。これでいいんやと思った。自分が雄大にしてあげられることは、こういうなんでもない時間を一緒に過ごすことなんや。そして、そんな時間を雄大に与えることができるのは自分だけなんやと思い、朱鷺は心底幸せそうにほほえんだ。

しかし、雄大の挙動不審はその後も続いたのだ。

その日、朱鷺はイライラしていた。正確には焦っていたのだが、人は焦るとどうしても苛立ってしまうらしい。なにしろ納期目前の仕事を複数、抱えているのだ。

(あーもー、データ送ってきぃへんっ、テキストだけでも先にって言うてんのに、なに考えてんねんっ、こっちはこっちで、ファイルの確認頼んだのに、いいも悪いも言うてきぃへんしっ、あとあの三点目のデザインが、なんか、どっか、しっくりきぃへんねんなぁ、なにがあかんのやろ?)

更新しようにもデータがないから更新できない。仕方がないからべつのサイトに使う画像を作成しているが、イライラしているので思ったラインがスムーズに描けない。

「こんな短いハンドルやったら、波線使うわっ!」

一人突っこみを叫び、もういやーっ、と思って仕事部屋を飛びだした。居間へ走ってドサッとソファに倒れこむ。

(もー、腰痛い、背中痛い、肩凝った、足だるい、もーっ、いややいややいややーっ)

キィッとなりすぎて、ソファの上でばた足をやってしまった。呼吸が苦しくなるまでバタバタやって、ふう、と息をついた時、それに気づいた。視線だ。もぞっと体を動かして台所に目を向けると、案の定雄大が、夕食を作る手を止めて朱鷺を見つめていた。

(もう、またや……)

表情には出さないが、朱鷺はイラッとしてしまった。気がつくと雄大に見つめられているのだ。いつもの、ちょっといやらしい目つきで見ているのなら気にもしないが、この頃の雄大はなにかを思い詰めているというか、言いたいことがあるのに言えない、とでもいった眼差しで朱鷺を見る。幼児のようにベタベタしてこなくなったのは助かるし、豪雨のように愛してるの言葉を降らせなくなったのもありがたい。けれどこんなふうに見つめられると心配になるし、仕事がうまく進まない今は、つい苛立ってしまう。

(なに？　って聞いても、べつに、って答えるし、どうしたん？　って聞けば、僕が可愛いからとかごまかすし……)

いつからだろうと考えれば、ちょうど佃煮を持って帰ってきた日からだ。

(やっぱりなにかあったんやろうけど……)

仕事のことには口を出さないと決めているし、雄大も口を出すなと言っている。それでもこんな態度を取られたら、気にならないほうがおかしい。

朱鷺はむっくりと体を起こすと、雄大に体を向けて、きちんと視線を合わせて言った。

「雄大？　どうかした？」

「あ……、いや、なんでもない」

「なんでもなくないやろ？　この頃雄大、変やで？　なにか僕に言いたいことがあるんやったら、はっきり言うて？」

「うん、可愛いなと思って」

「雄大、…」

「ホントホント。あんまりおまえが可愛いからさ、つい見ちゃうんだよ」

「あのねぇ、…」

「マジだって。なんなら晩メシ、ギョーザはやめてキスにするか？　腹がいっぱいになるまでキスを続ける」

「お断りします。僕はギョーザでお腹をいっぱいにしたい」

「よし。あと三十分くらいだ。できるまでそこで、キーキー、バタバタやってな」

ククッと笑った雄大は、ようやく朱鷺から視線を外した。機嫌よさそうにギョーザを作成していく雄大をちらりと見て、やっぱり僕のせいなんかなぁと朱鷺は小さな溜め息をこぼした。

（こんな、会話ともいえへん会話で機嫌よくして……。それくらい寂しがらせちゃってるんかなぁ……）

仕事が忙しくて、また雄大のことをほっぽっている。それもこれも、データを送ってこないクライアントや、レスポンスの遅すぎるクライアントのせいだ。本当なら夕食までに仕事は終わりにして、夜はゆっくり雄大の相手をしてあげられたはずなのに、データや返事待ちで零時近くまで仕事部屋を出られない。

(雄大もそれがわかってるから、お風呂入ったら自分の部屋に籠《こ》もっちゃうし)

だからといって、仕事を放りだして雄大を構うわけにもいかない。雄大は何日か放置していても大丈夫……というか、あとでご機嫌は取れるが、納期は一日たりとも待ってはくれないのだ。

(それはそうやけど、でも、顔合わせてる時くらいは、もうちょっと優しくしてあげへんとアカンよね)

ふうっと溜め息をついて、グダーッとソファに寝そべって、雄大がジューッとギョーザを焼く音を聞いた。

今夜のメニューは雄大手作りのギョーザとニラ玉、水茄子《みずなす》の浅漬けだった。もちろん、京風味噌《みそ》汁もある。雄大はまだ京風味噌汁で中華を食べることに馴れないようで、味噌汁を口に運ぶたびに、無意識だろうが首を傾げる。朱鷺はなんだか申し訳なくて、朝を京風、夜を関東風の味噌汁に替えたらと言ってみたが、雄大は首を振って、朝から甘い味噌汁だと力が出ないんだと、ひどく言いにくそうに呟いた。そんなことをこんなに気にする雄大が可愛くて、朱鷺が声を立てて笑うと、雄大はホッとしたようにほほえんだ。

それを見て、朱鷺は、あ、と思った。もしかして雄大は、「違う」ことが不安なんじゃないのか。味噌汁やおかずの味つけといった、食習慣の違いが。

(そういえば実家の近所でも、東京から嫁いできはったお嫁さんと口が合わへんって、お姑《しゅうとめ》さんが大声で陰口言ってはった……）

それの逆バージョン？　と朱鷺は内心で首を傾げた。考えてみれば雄大は、七対三の割合だが、きっちり京風の味つけで夕食を出してくれる。たしかに雄大は押しかけ女房の勢いで転がりこんできて、そのまま本当に女房というか夫になってしまったが、それにしても可愛いと朱鷺は思った。

（ごはんの味なんて気にしんくていいのに。僕は雄大が来てくれるまで、スーパーやコンビニのお弁当を食べてきてんから）

アホやねぇ、と朱鷺は小さく笑った。きっと食事のことだけじゃない。お互いの仕事も、生活時間も、なにもかも違いすぎることが雄大は不安なのだろう。だから、わかり合いたいという気持ちが、愛してるの呪文《じゅもん》やベタベタな甘えに形を変えて出てきているのかもしれない。

（もー、ホンマにアホやねぇ、雄大。僕たちがまともに口を聞いたんなんて、半年前が初めてやのに。たった半年で、なにからなにまでお互いのことがわかるわけないやん）

大丈夫や、と朱鷺は思った。焦らんくても、僕たちにはこれから何十年も時間がある。嫌になるほどわかり合えるよ。

（でも……）

パクッとギョーザを口に入れて、朱鷺はふふふっと笑った。自分にとっての理想の男、自分にとって世界一カッコイイ男のこんな子供っぽい面を知ることができて、なんだか嬉しかった。

食事を終えて、いつもならお茶を飲んでグダグダする時間だ。けれど今はどうしても仕事優先になってしまう朱鷺が、悪いと思いつつ仕事部屋に戻ろうとした時だ。

「朱鷺」

「あ……」

後ろから雄大に抱きしめられた。首筋に顔をうずめた雄大が、クンと朱鷺の匂いを嗅《か》いで、さらにギュッと朱鷺を抱いた。

「お茶一杯……、飲む時間もないか?」

「あ…、ううん、そんなことないん。ごめんね、せわしなかったやんね」

「お茶? コーヒー?」

「えと、お茶がいいかな」

うん、と言った雄大が、耳元にキスをして抱擁を解いた。朱鷺は、失敗、と心の中で呟いてソファに戻った。せめて三十分は雄大を構ってあげようと思った。

しかしだ。

「ね、ゆうだ…、んんっ…ちょっと、ねぇ、ゆう…」

「……」

「…っ、ね、待って、下ろして、んっ……、んんん、雄大…っ」

お茶を一杯のはずが、キスをいっぱいに変わっている。しかも雄大の膝《ひざ》の上に横抱きをされて、テレビをつけているがただの電気の無駄になっている。このまま事に及びそうな濃い口づけではないが、いつ雄大のスイッチが入って布団にさらわれるかわかったものではない。

朱鷺は雄大の胸を優しく、だが断固として押し戻した。

「雄大、ダメ、これ以上はアカン……」

「……わかってるよ」

雄大は苦笑をして、朱鷺を胸に抱きしめた。

「朱鷺、朱鷺、俺の朱鷺……、世界一可愛い、世界一愛してる……」

「僕も、おんなじや……」

「うん。可愛い、可愛い」

雄大は子供をあやすような口調で言って、朱鷺を膝に乗せたまま、テレビに見入る体勢を取ってくれた。朱鷺はホッとして、でもこうしてふれ合っているのは気持ちがいいから、雄大の胸に体をあずけて、ふう、と小さく息をついた。ときどき髪に落ちてくるキスにうっとりしながら、でも頭ではどうしても仕事のことを考えてしまう。

(九時半……、メール来てるかな……今日もデータくれへんかったら催促しんと……日曜の夜の十一時に全部のデータくれたって、月曜の朝の三時までに更新するのは無理なんやから……。あとあの最後のデザイン、さっきちょっと思ったけど、インドの伝統文様をベースにして和の色味を載せるの、いいんちゃうかなぁ……うん、いいよねぇ、ちょっと試しに作って……)

仕事部屋へ戻ろうとして、立ち上がろうとした瞬間、ギュッと雄大が抱きしめる腕に力を籠めた。しまった、と思い、朱鷺はとっさに言った。

「雄大？　ソファに下ろすか、向きを変えてくれる？　僕この体勢、疲れた」

「あ、そうか」

雄大はふっと腕の力を抜くと、くるりと朱鷺の体の向きを変えた。左右を反対にしただけで、膝から下ろしてくれない。これも甘えの一種？　と内心で溜め息をついた朱鷺は、おとなしく抱かれたまま、頭の中でアイデアを固めようとした。

（…あ、黒やなくて、うんと深い鈍色《にびいろ》を地にしてみるとか？　それで黄櫨色《はじいろ》で…）

「そういえばさ、朱鷺」

「うん…？」

生返事を返して、朱鷺はアイデア固めを続行する。黄櫨色で更紗《さらさ》染めみたいに抜いて、撫子色《なでしこいろ》…違う、もっと黄味の強い、たとえば……。

「もう決めたか？　行き先」

「行き先…？」

そう、黄味の強い退紅色をポイントカラーにして……。

「旅行。新婚旅行の行き先だよ」

「あ、旅行な。まだ決めかねてる…」

そうすると地の色は白やとキツイから、少し色味を持たせて……。

「候補くらいはないのかよ？　あそこかあそこかあそこのどれかがいいとか」

「うーん、真珠…」

真珠色やと灰色がかってるから…。

「真珠？　真珠が土産《みやげ》に欲しいの？　じゃあ伊勢《いせ》？　でもおまえ、あっち方面はいやだろ？」

「そんなら百合《ゆり》とか…？」

百合色なら緑がかってていいかな？

「百合？　百合って花の？　百合が名物ってどこだよ？」

「え、名物？　名物ってなにが？　もう雄大…」

ぷつっと思考がとぎれてしまった朱鷺が、むうっと口をへの字にする。とたんに雄大が不機嫌な声で言った。

「おまえ……。俺の話聞いてなかっただろ？」

「聞いてたやん」

「嘘つけ。おまえさ、一緒にいる時くらい、俺の話聞けないの？　おまえにとって俺ってなに？　椅子？　椅子ですか!?」

「あー、これはすいませんでしたねぇ、ソファと同じ座りごこちやったんで気がつきませんでした」

「くっそ、下りろ、ムカつくっ」

「自分から椅子になっといて逆ギレ？　はー、これでようやくゆっくりテレビが見られます」

「下りるなよっ、いいから俺の話を聞けっ」

さっさと膝から下りようとした朱鷺を、雄大が強引に抱き戻した。聞き分けのない子供のような雄大に、朱鷺の苛立ちが高まって、ついきつい口調で言ってしまった。

「聞いとったって言うてるやんっ、だいたい雄大の話やなくて、旅行の話やろ!? ほらね、ちゃんと聞いてましたっ」

「ほらねって、なんだよその言い方は!? ただの旅行じゃない、新婚旅行だぞ、一生に一度のことなんだぞ!?」

「だからなんべんも言いましたっ、行き先はまだ考え中ですっ」

「考え中、考え中って、本当は考えてないくせにっ、真面目に、…」

「いいかげんにしてやっ。僕が今忙しいのわかってるやろ!? そんな時に遊びのことなんか考えられへんよっ」

「おい、遊びって、おまえ…」

「だいたい、いつ休みが取れるかもわからへんねんよ!? あってないような休みのことなんか、どう真面目に考えればええねん!?」

「はー!?」

つい先日、真面目に新婚旅行のことを考えなくてはと反省した朱鷺だが、今は本当に心にゆとりがなくて、つい最悪な言い方で苛立ちをぶつけてしまった。朱鷺をうんざりさせるほど新婚旅行に燃えている雄大だ、この言葉には当然、カッチーンときた。

「あってないような休みってなんだよ⁉　新婚旅行だぞ⁉　ない休みをもぎ取ってでも行くのが当たり前だろ⁉」

「もぎ取れる休みが木にぶら下がってはる人はいいですねぇ」

「サラリーマンだから簡単に休めると思ってんのか⁉　ふざけんなよ、休み取るのにどんだけ調整が必要だと思ってんだっ」

「それを言うんやったら僕やって、…」

「おまえは自由業じゃないかっ、休みなんか取ろうと思えば取れるだろっ」

「……っ‼」

雄大がカッチーンときたなら、朱鷺はドカチーンときた。こんなに言い合いになっても、まだ腰に回されている雄大の腕をバッと振りほどき、朱鷺は少し乱暴に立ち上がった。無言で仕事部屋へ足を向けると、おい、と雄大が言った。

「話はまだ、…」

「いつでも休める自由業ですから、仕事もいつやろうが自由なんです」

「朱鷺、…」

「さー、仕事仕事。あー、忙しい忙しい。子供の相手なんかしてる暇はあれへんあれへん」

「…っ、あーそーかよっ！　どうせおまえは仕事より俺のほうが大事なんだろ⁉」

「なにアホなこと言うんっ、仕事より雄大のほうが大事なわけ…」

そこまで言って、あれ、今なんかおかしかった？　と朱鷺は首を傾げた。部屋へ戻ろうとしていた足を止めて、雄大の言葉を思い返してみる。

（…えと、どうせおまえは、仕事より俺のほうが、大事……）

仕事より俺のほう？　俺って雄大…、仕事より雄大のほうが、大事……。

「あ…」

気づいた朱鷺は、とたんに声を立てて笑ってしまった。満面の笑顔で怒声をあげるコントの逆みたいだ。朱鷺は笑いながら雄大の隣にポフンと腰を下ろし、雄大の腕を抱きしめて、やっぱり笑いながら言った。

「そ、そうやん、そのとおりや、ど、どうせ僕は、仕事より雄大が、だ、大事や…っ」

「そうでしょう、そうでしょう。ま、その点俺は、仕事よりおまえが大事だけどな」

「…っ、だから、なんでそんな変な言い方するん…っ」

雄大に頭を撫でられるまま、朱鷺は笑った。笑いながら、雄大は可愛いねぇと思った。こういうところが雄大は可愛くて、うっとうしくて、手におえなくて、愛《いと》しい。朱鷺はなんとか笑いをおさめて雄大にもたれかかり、優しく言った。

「好きやで、雄大」

「うん」

「住民票、もう移せそう？」

「…あ……」

「…雄大？」

ピクッと体を硬くした雄大を、あれ？　と思って朱鷺は見上げた。住民票ネタは雄大の大好物のはずだ。喜ばせようと思って言うたのに、おかしな反応やなと朱鷺が雄大を見つめると、雄大はツイと朱鷺から視線を逸《そ》らし、申し訳なさそうに答えた。

「あ、いや、時間がなくてまだ……、ほら、役所が五時までだから……」

「ああ、そうなんや。でも焦らんくていいよ、住民票移さへんでも、僕がいなくなるわけやないんやし」

「あ、いや…っ、いや、そうか、そうだよな、焦らなくてもいいよな。いいんだろ？」

「うん、いいよ」

雄大はホッとしたような微笑を浮かべたが、それを見た朱鷺は内心で溜め息をついた。朱鷺のほうから住民票を移す催促をしたことで、また変に雄大がストレスを感じ、どういう種類か見当もつかないがプレッシャーを抱えることになったら、そして雄大の挙動不審にますます拍車がかかったら、もう本当に面倒くさい。

（この先雄大が帰ってくるんは、僕のところなんやろ？　自分でそう言うたんやから、だったら住民票なんかどうでもええやん。そんなことしんくても、僕は雄大が好きなんやから）

それが朱鷺の本音だが、正直にそう言ったら、また雄大が拗《す》ねて不可解な行動を取る。それはもう、絶対だ。わかっている。

（しょうがない……）

仕事は徹夜すればなんとかなるが、雄大のコレは、今なんとかしなければ悪化する。

朱鷺は気持ちを切り替えて、ふっと息をついた。禁じ手だとわかっていたが、手っ取り早く雄大の「愛され自信」を取り戻すにはこれしかないと思い、朱鷺は秘技、誘惑の甘え声で言った。

「ね、雄大……、キスして……」

「…お？」

「キスして…抱きしめて……、抱いて。僕を愛して」

「だって、おまえ……、仕事、忙しいじゃないか……」

「今は仕事より、雄大に愛されたい」

奥義、誘惑の甘え顔で雄大を見つめ、その腿《もも》に思わせ振りに手をすべらせた。雄大のたくましい喉がゴクリと上下した。落ちろ、と朱鷺が念じた時、それが通じたように、雄大にザッと抱き上げられた。

「誘ったのはおまえだぞ。誘惑したのはおまえだ」

「うん。そうや。僕が誘惑した」

「……ごめん。おまえが忙しいのはわかってる。時間がないのはわかってる。でも、どうしてもおまえを抱きたい。我慢できない。だからおまえの誘惑に、ホイホイ乗る」

「うん。……うん。いいよ。愛して、僕を……」

「ごめん」

もう一度謝る雄大の首に、柔らかく抱きついた。シャツの襟元から雄大の匂いがした。雄の匂いだ。体の奥がジンとした。ああ、僕も餓《う》えてる、と自覚した。この男を喰《く》い尽くしたくてたまらへん……。朱鷺は雄大の耳朶《みみたぶ》に歯を立てた。チッと舌打ちした雄大が、覚悟しろよ、と呟いた。朱鷺はゾクゾクした。

「そっちこそ…」

囁き返した時には、布団に押し倒されていた。

「さてあとは、サーバーに上げて最終チェック」

はあ、と息をついて、椅子に座ったままウゥーンと伸びをした。疲れた、という言葉が口をついて出たが、もう上がったも同然の仕事だから、思わずほほえみがこぼれてしまう。その時、仕事部屋の引き戸が軽くノックされた。

「雄大？　いいよ」

「おー、起きてたな。ただいま」

「はい、お帰りなさい、お疲れさまでした」

機嫌よく振り返ると、雄大は、お、という表情を見せて、すぐに嬉しそうに微笑した。

「可愛い上に機嫌がいいな。さては仕事、終わりそうなんだ？」

「うん、そろそろね。これで急ぎの仕事が入ってきぃへんかったら、まともな睡眠が取れそう」

「そうか、よかった。寝ないとおまえ、色が抜けていくから、それも心配でさ」

「うん？　色が抜ける…？」

「そ。顔色が、青くなるんじゃなくて白くなる。ローソクみたいな顔色だと、あー、二日寝てないなってわかるんだよ」

「そうなん!?」

「そう。黙って見てる俺もつらいんで、寝られるようになったなら嬉しいよ」

「……うん。心配かけて、ごめんなさい……」

素直に謝った朱鷺に、うん、とうなずいた雄大が軽くキスをした。こういう時、朱鷺は自分の名のとおり、心が朱鷺色に染まるような気がする。雄大に心配をかけていることは本当に申し訳ないけれど、こうやって黙って心を寄せてくれる雄大が、雄大がそばにいてくれるということが、奇跡のように幸せなことなのだと改めて思うのだ。

雄大は帰宅してまっすぐに朱鷺の部屋に直行したらしく、まだスーツ姿だ。やっぱり雄大はスーツ姿が一番カッコイイ、と思った朱鷺がふふっと笑うと、雄大が朱鷺の前にひょいとしゃがんだ。

「なに。可愛く笑っちゃって」

「んー。雄大はスーツが似合うなぁて思って。テレビで見る俳優より、スーツ着てる雄大のほうが全然カッコイイよ」

「なんかビミョーな言い方だな。馬子にも衣装って意味に聞こえなくもないというか」

「そらねぇ、パジャマのズボン、腿までたくし上げて歩く姿を見てますからねぇ」

「風呂上がりだけだろ。それくらい許せ」

「うん。許す」

朱鷺がくふんと笑うと、雄大はメロメロという微笑を浮かべた。そうして上着のポケットからなにかを取りだした。

「はい。おまえにプレゼント」

「え、なに？」

膝の上で広げられた雄大の手のひらには、小さな箱が載っていた。それを見て、朱鷺は内心で、うっ、と引いた。なにしろその小箱は、どう見ても、誰が見ても、指輪が入っていること決定、という小箱だったのだ。パンドラの小箱、と無意識に失礼なことを思った朱鷺に、雄大はどうしようもないくらい嬉しそうな笑顔で言った。

「ほら。開けてみな」

「あ…、うん」

開けたくないと心底思ったがそういうわけにもいかない。覚悟を決め、と自分に言い聞かせて、朱鷺は小箱を手に取って開けた。

（ああ、やっぱり……）

思ったとおり、入っていたのは銀色の指輪だ。しかも二つ並べて台座に差してある。考えなくてもペアリングだ。嫌すぎると思ったが、それを完璧《かんぺき》に隠して、朱鷺は綺麗にほほえんだ。

「わあ、指輪。なんで？　どうして？」

「いや、ほら、なかなか住民票…移せないからさ」

「焦らんくていいって言うたのに……」

「そこはほら、俺の気持ちっていうか。ボーナス使ってないしさ、おまえに指輪くらい買ってやろうと思って。いいか、これ…」

雄大が指輪を取りだした。指輪にはそれぞれ、奇妙な涙型としかいえない小さなヘコみがついている。そのヘコみ同士をくっつけると、現れたのはハートだ。うわダサッ、と朱鷺は思ったが、やっぱりそれも完璧に隠して笑顔を浮かべた。

「可愛いねえ、雄大が選んでくれたん？」

「あ、気に入ってくれた？　すごく悩んだんだけどさ、おまえ可愛いから、なんか可愛いのがいいと思って」

「うん。ありがとう」

「ちょっとさ、はめてみろよ。ほら」

雄大は当たり前のように朱鷺の左手を取り、これまた当たり前のように薬指に指輪をはめた。

「あ……」

驚いた。ぴったりだ。思わず雄大の顔を見ると、なんだか自慢そうに笑っている。これは僕が爆睡してる時にサイズを計ったな、と悟り、呆れると同時にちょっとムカついた。誰かに指輪をプレゼントしたことがない限り、サイズを調べてから買いにいくなんて、普通の男には思いつかないことだ。つまり雄大は、元カノに指輪を贈ったことがあるということ。

(まあいい。どうせ右手用の指輪やったんやろうし、左手用の指輪のプレゼントはこれが初めてやろうし)

そして雄大はこの先二度と、朱鷺以外の誰かに指輪を買うつもりはないはずだし、朱鷺だって買わせないつもりだ。誰にも雄大は譲らない。絶対に。

朱鷺は雄大がしてほしいだろう仕種《しぐさ》、つまり指輪を見つめてニコッとほほえむと、そのほほえみをキープしたまま雄大を見た。

「でも雄大はどうするん？　指輪して会社行けへんやろ？」

「心配ご無用」

雄大はさらに自慢そうに笑って、今度は上着の内ポケットから、縦長の薄い箱を取りだした。マジシャンですかと内心で溜め息をつく朱鷺に、雄大はいそいそと箱を開けて、銀色のペンダントチェーンを出してみせた。

「これなら親父や社員に見つかることもなく、いつも身につけていられるからさ。一本、おまえにやる」

「え……」

「指輪はめてろとは言わないよ。自分がやらないのにおまえにはやれなんて、俺はそこまで

身勝手じゃないし」

「でも……」

「とりあえず持ってて。おまえは俺のもので、俺はおまえのものだっていう印かな。二つ合わせるとハートになるし、割り符みたいじゃん」

「うん…」

「なるべく早く住民票、移すから。それまでこれで我慢してて」

「ん……」

朱鷺は優しくほほえんで指輪に視線を落とした。

(住民票の代わりに指輪、かぁ……)

どちらも目で見える形での繋がりだ。そういうものがないと雄大は不安なんだろうかと朱鷺は思った。朱鷺は雄大に、雄大は朱鷺に、愛されているということはお互いにわかっている。けれどそうした心の繋がりとはべつに、こんな大学生のステディリングのような指輪を買ってしまうほど、どこか、なにか、雄大は朱鷺との関係に不安を感じているのだろうか。

(やっぱりあれなんかなぁ、外で働いて疲れて帰ってきたのに、パートナーが仕事中やったり寝てたりしたら、がっかりしちゃうんかなぁ……)

お帰りなさいと出迎えがあって、夕食は整っていて、風呂も沸いている……、そういうステレオタイプの家庭のやすらぎというものを、無意識にしろ雄大が求めているのなら、現在も、そしてこの先も、自分は雄大に与えてやれない。雄大のことは死ぬほど愛しているが、朱鷺は仕事にも自分を賭《か》けている。でも……、それは雄大も同じだ。

（…うん。やっぱり僕は雄大の優しさに甘えすぎてる。一日たった数時間。雄大のために使わへんくて、なにがパートナーや）

朱鷺は指輪のはまった左手をキュッと握り、雄大に微笑を向けた。

「着替えてきぃ。お茶いれる」

「え、だって…、いや、あ、そうか、うんうん、着替えてくる」

仕事を中断して雄大とお茶を飲んでくれる朱鷺など初めてだ。無性に嬉しくなって、雄大はドタドタと自室に戻っていった。ギッと椅子を立った朱鷺は、ゆっくりと台所へ向かいながら苦笑した。

「あんな嬉しそうな顔して……。こういうところが僕は足りひんかったんやね」

反省、反省と呟きながら、急須に茶葉を入れた。

炊飯器だけセットした雄大と、帰宅後のちょっと休憩を一緒に楽しむ。とりあえず糖分補給といって雄大が出してくれたおまんじゅうを食べながら、夕方のニュースとバラエティが混ざった番組を見た。ちょうどアフィリエイトの話題が放送されていて、それを見た雄大が苦笑しながら言った。

「ブログっていえば、親父が俺に、ブログやれとか言いだしてさぁ」

「うん？　ＩＲの一環で？」

「そー。おまえにいいホームページ作ってもらってさ、それで売り上げ伸びたもんだから、なんかネット信仰みたいな感じになっちゃってて。添島工業のちょっといい話を書けって」

「いいやん。今日は敷地内のアジサイが咲きましたって書いて、ケータイで撮った写真をアップするだけでもいいねんで？」

「えー？　そんな、事業内容に関係ないこと…」

「サイト見てくれはる人に親しみ持ってもらうのは大事やん？　僕かて見積もり依頼のページとサンプル注文のページ、柔らかい字体にしてるやろ？」

「あっ、そんな細かいところまで気を遣ってくれてたのかっ、ごめん、気がつかなかった、ありがとう」

「いやや、やめてや、それが僕の仕事なんやし」

今さら雄大に頭を下げられて、朱鷺は焦って両手を振った。どうも恥ずかしくなってしまい、それをまぎらわせようとお茶をすすると、二個目のまんじゅうに手を伸ばした雄大が、思いついたように言った。

「そういえばさ、おまえ。実家のホームページ、作ってあげないの？」

「え？　あ、うーん、ウチのなぁ……」

「作ればいいじゃん。ビーズと組紐《くみひも》で作ったストラップなんか、ネット販売したらきっと売れるぞ？　観光客への宣伝にもなるし」

「うーん。…実はねぇ、僕が学生の時は作っててん、お店のホームページ。僕がその…、上京するんで閉鎖しちゃってんけど」

「そうだったの？　じゃあ再開すればいいじゃん。今のおまえなら、もっとすげーの作れるだろ？」

「作るのは作れるよ。でも無理」

「どうして？　お父さんたちも喜ぶぞ。やれよ、親孝行じゃん」

「それなら雄大に聞きますけど」

　朱鷺はうんざりしながら言った。

「誰がウチのお父さんに、デジカメ写真をメールに添付する方法を教えるん？　それ以前に、写真をハードに取り込む方法を教えんとあかんねんよ？　まともにパソコンを使えへん人に、USB接続から始まって、フォルダの場所、解像度の変更、拡張子の種類……どれだけ教えんとあかんて思ってるん？」

「あ、うーん……」

「まあ、写真添付してメールを送るところまではできたとしても、ウチのお父さんには、商品説明の文章が入力できひんよ。なにしろ一本指打法なんやから」

「それは電話やファクスでなんとかならないか？　身内なんだし」

「じゃあネット販売はどうするん？　受け付け確認や発送の連絡は定型文やからええよ？　でも問い合わせはどうすんのん？　これは僕にはできひんよ？　メールの問い合わせは受けつけませんって言うんやったら、ネットを利用するお客さんは逃げてかはるよ」

「だよなぁ。取り扱い商品の説明やアクセスマップだけじゃ、かつてのウチのホームページと一緒だもんなぁ」

はあ、と溜め息をついて雄大は納得した。もっと家が近かったら、俺が通ってお父さんに教えるんだけどなぁと呟くと、隣で朱鷺が苦笑した。教えるだけ無駄、と言外に言っているようで、雄大も自分の父親を思いだしてフッと笑ってしまった。

「そうそう、俺さ、前から謎に思ってたんだけど、おまえがこの仕事始めたきっかけってなんなの？　椎名組紐店の今はなきホームページが初めての仕事？」

「あー、うん」

朱鷺は飲み頃になったお茶をコクコクと飲んで答えた。

「僕が高校生の頃やったかな？　お父さんがなにを思ったか、パソコンで帳簿つけるとか言いだして、いきなりパソコン買ってきてん。でも案の定、一週間で挫折《ざせつ》して、パソコンは茶の間の飾りになっちゃって」

「うんうん」

ククッと笑った雄大に、朱鷺も苦笑して続けた。

「もったいないから、プロバイダの簡単ホームページ作成とかいうサービスを利用して、僕が遊び半分でお店のホームページ作ってんよ」

「うん」

「そしたらちらほら問い合わせメールが届いたり、サイト見てきましたっていうお客さんもいはったりで、子供なりにこれはイケるとか思って、いい気になって、本格的なサイト作成ソフトとか買ってきちゃってん。ほら、その頃は僕がお店継ぐつもりやったから」

「うん……」

「でもそのソフトがプロ仕様すぎて、使いこなせへんくて、どうにかそれなりにっていう程度に使えるようになったのが、大学二回の時かな？　勉強の合間にのんびり店のサイトを作り直して、ネットショップも立ち上げようかとか思ってて……、ちょうどその頃、泉井《いずい》先生に会ったっていうか……」

「あ、うん」

「……」

「……」

二人にとって痛い思い出に、束《つか》の間《ま》沈黙が落ちる。ふっと息をついた朱鷺が、気を取り直して続けた。

「泉井先生、研究室のホームページ…っていうかなんていうか、論文がただダーッとアップされてるページを持ってはってね、僕が実家のホームページ作ってるって言うたら、先生が、研究室のホームページをもうちょっと見やすくしてくれないかって頼んできはってん。それでちょっと作り直して……、頼まれて作ったサイトは、泉井先生のが初めて」

「そっかぁ」

「うん。そのあと僕、上京したやろ。とにかく仕事と思って、雇ってくれるならどこでもいいと思って、モーター作ってる会社にバイトで雇ってもらってんよ。工場作業ね」

「…きつかったろ」

「きつかったよー」

当時を思いだして朱鷺は微苦笑を浮かべた。エアコンなどあってなきがごとしの工場内は、夏は暑く、冬は寒かった。一日中、立ちっぱなしで、機械から出てくる部品を検品する単純作業。ガソリンにまみれた部品を扱う手は、すぐにボロボロになった。誰とも口を聞かない日などざらだった。

「朝七時半に工場に着いて、夕方六時にアパートに戻って。毎日それの繰り返し。でもね、この先どうなるんやろうなんて考えもしぃへんかってん。その日を生きていくことで精一杯やったから」

「…そうか」

「うん。でも、工場で働き始めて一年…経ったか経たへんかっていう頃に、お父さんから電話がきてね。なんと僕に、ホームページを作ってくれっていう依頼が来てるって。びっくり仰天やんねぇ」

「お父さんのツテとか？」

「その時はそう思ってた。依頼してきたのは地元の古書店や古物商のご主人やったし、納期はできた時っていうユルーイ注文やったし。ほんでも、昼間はずっと単調な仕事してるから、自分であれこれ考えるんがすごく楽しくてね、アパートに帰ってから夜中まで、カップ麺《めん》片手に夢中で作ってたん」

「うわ、おまえの『ながら食い』はその時からの悪習なのか……」

「あ、そう言われればそうやね」

雄大のしかめ面に朱鷺は苦笑を返した。

「そういう地元の商店のサイトをいくつかやってるうちに、そのサイトを見たべつのお店や会社からも仕事頼まれるようになって、もうお父さん経由じゃ間に合わへんくなってね、直接僕のほうに注文が来るようにしてん」

「お、起業の兆し」

「そう。それから二年ちょっとかな、工場勤めとWEBデザインと二足のわらじでやっててんけど、その頃にはデザインの仕事が増えててね、睡眠が取れへんくて、体力と気力の限界って感じになっちゃって、友達もおらへんかったから相談する人もおらへんくて、追い詰められてる感じになって、自分でも精神状態がおかしいってわかってん。それでお父さんに泣き言言っちゃってん」

どうすればいいのかわからない。これからどうしていけばいいのかもわからない。いろんなことがギリギリで、毎日がつらい。生きていくのがつらい。

「そしたらお父さん、すっごい簡単に、工場辞めろって言うんよ。金のために自分の時間を他人に売ってるからつらいんやって。おまえは商売してる家の子なんやから、人に使われるより、自分で商売しぃ、そうすれば苦労も楽しめるって」

「ああ～、お父さんのその理屈、すっげぇわかる。ウチとおんなじだ」

「やっぱりそう？　僕も店で働いてるお父さんを見て育ってきたから、すごく自然に、そうやんねって思ってん。それにその時、お父さんが教えてくれてんよ。最初に僕に仕事を頼んでくれはった古書店とか……、本当は泉井先生の紹介やったんやって」

「……マジで？」

「うん。先生、学校辞めた僕のこと、すごく気にしてくれてはってんて。工場で働いてるってお父さんが話したら、ＷＥＢデザインでやっていく道もあるんやないかって。それ聞いて僕、涙が止まらへんくなっちゃってなぁ。先生はどうしてはるとか、ちゃんと復職できたんかとか、聞くこともできひんくて、ホントに僕は心配ばっかりかけて、申し訳ないっていう気持ちでいっぱいで……」

「そう思わなくちゃいけないこと、おまえはなんにもしてなかったのに」

「……でも、僕は逃げたから。なんにもしてへんって、みんなに言うことからも逃げた」

「……」

「……そやし。先生にそう言われたらもう、やるしかないやん。それで工場辞めて、デザインの仕事に賭けた」

「そして今にいたるってわけだな」

「…うん、そう」

簡単にまとめてくれた雄大に、朱鷺は静かな微笑を返した。本当はその間に、男で遊ぶ……、いや、男に遊ばれることを覚えてしまった。友達も知り合いもいない東京で、寂しくてたまらなくて、雄大に会いたくて、雄大が好きで、どうしても忘れられなくて、男に遊ばれることでそれらをまぎらわそうとした。今住んでいるマンションなど、あわや傷害事件に発展しそうなほどひどく朱鷺を責めた男の、その父親が、口止めと手切れ金代わりに朱鷺に押しつけたものだ。

その部屋に、今、雄大が住んでいる。

(そういうこと全部知って、でも、それがなんやって本気で言い放って、今、僕と一緒にいてくれる)

こんな奇跡が、降ってくることもあるのだ。ふらふらしながらでも、とにかく生きてきてよかったと思った。

「……」

幸せを実感したくて雄大にもたれかかった。朱鷺の望みどおり、しっかりと肩を抱いてくれた雄大は、ところがふうと息をつくと言ったのだ。

「おまえは頑張ってきたんだな。それに比べて俺は、苦労知らずに生きてきちゃったよな」

「…え!?」

「苦労を知らない、挫折も知らない、本当の意味で、働くつらさを味わったこともない。俺みたいなのを世間知らずの箱入り息子っていうんだろうな」

自分の母親の顔がふっと浮かんだ。

京都で学生生活を送ることも、「情緒不安定なお友達」を支えるためにこのマンションに居候をすると決めた時も、たいした反対はしなかった母親は、しかし雄大が住民票を移す、つまり「本当に」家を離れると言いだしたあの夜、過保護の顔を剝き出しにした。大切な息子を、自分の手で「守れない」場所には出せないという本音。逆に言えば、あの夜まで雄大は、守られていることにさえ気づかないほど、しっかりと両親に守られ、安穏に暮らしてきたということだ。

（本当に俺はダメだな。甘い人間だ。もっと強くならないと。この先なにがあってもこいつを守っていけるように、もっともっと強くならないと）

仕事も、生き方も。

自分が不甲斐《ふがい》ないと思って朱鷺をぎゅっと抱きしめたら、朱鷺が驚いたように言った。

「ちょっと雄大、なに言うてんのん、どうしちゃったん!?」

「だって俺は、じいちゃんや親父が作ってきた道を、ただたどってるだけだし。その道作りをバトンタッチされたところから、本当の俺の道が始まるわけだし。ホント、ケツの青いボンボンだ」

「そんなことないて、雄大はすごいよっ、だって家業を継がんとあかんプレッシャーは小さい時から感じてきてんやろ？　そういうのは僕や立場の違う人にはわからへん、すごい苦労やて思うもん。でも雄大はそれに負けてへんやん！」

「…んー。そう言ってくれて、ありがとな」

「ホンマやで、ホンマなんよ!?　社員の人の人生まで背負う社長業なんて、僕には絶対無理やもんっ、雄大は身上潰《つぶ》しのバカ旦那《だんな》とはちゃうよ！」

「ありがと。頑張るよ」

「…は？　頑張るって、え？」

今でも十分、頑張ってるよ？　と朱鷺は眉を寄せた。雄大はふふっと笑い、朱鷺の髪をくしゃくしゃとかき回すと、話題を変えた。

「ところでだ。おまえの盆休みはいつだ」

「は!?」

この人はまた、なにをアホなことを聞くんやろうと思いつつ、朱鷺は溜め息をついて答えた。

「そんなものはありません」

「え、お盆も休まないの？」

「お盆も、と言いますか、そもそも自由業には、この日は休みという日はないんです。正月も仕事してたやろ？」

「……あ、そういえば俺、正月に訪ねてきておまえに怒られたもんな」

雄大は苦笑した。正確には、訪ねてきたではなく、押しかけてきただ。そうか、そうだよなぁと大きく息をついて雄大は言った。

「それじゃあ旅行は早くて秋だなぁ」

「あ…」

「ああ、いや、絶対秋に行くぞって言ってるわけじゃないから。おまえの調整がついたら、そん時ね。冬でも来春でも来年の夏になっちゃってもいいよ。とにかくおまえと二人きりで、どこかに行きたい」

「あ、うん……」

しみじみと言われて、申し訳ないなぁと朱鷺は思った。頭から、休みを作れ、と言われると反発してしまうが、こんなふうに朱鷺の事情を踏まえて優しく言われると、本当に自分の不規則な生活を申し訳なく思う。

(うんざりするほど新婚旅行を楽しみにしてる雄大のために、ホンマになんとかしんとなぁ……)

ただの旅行なら自分の代わりはたくさんいるが、新婚旅行だけは自分でなければダメなのだ。

「ごめんね、雄大……、ホンマに、ごめんなさい」

「バカ、そんな真剣に謝るな。行けないわけじゃないんだから」

「うん、でも……」

「そんなしょんぼりするなよ。そうだ、ほら、じゃあさ、東京観光に連れてってやるよ。新婚旅行へ向けての訓練も兼ねて」

「訓練てっ」

「訓練だろー。お家大好きの朱鷺ちゃんを、外の空気に馴らすわけですよ。うん、訓練、訓練。訓練行こう」

雄大の科白《せりふ》がおかしかったし、東京観光という名のデートに誘ってくれるとも思っていなかったので、朱鷺は嬉しくて笑顔でうなずいた。

「どこに連れていってくれるん？」

「どこでもいいよ。おまえ、行きたいところないの？」

「どこでもいいなら、あそこ行きたい、雷門《かみなりもん》！」

「雷門…っ」

思わずといった感じで雄大が噴き出した。声を立てて笑われて、なに？　と朱鷺が目を丸くすると、よしよしといったふうに頭を撫でながら雄大が言った。

「うんうん、浅草行こうな、浅草」

「え、雷門て浅草にあるん？　そうなんや、楽しみっ、僕な、浅草も行ってみたかってんっ。あ、浅草ってゆうたら、あんこ玉があるところやんな⁉　食べたいっ」

「オッケー、オッケー、雷門見て、あんこ玉食べような」

雄大はまだククと笑っている。東京観光っていったら雷門やんね、なにがおかしいんやろ、と朱鷺が首を傾げると、雄大は笑いながらソファを立った。

「メシの支度する。浅草さ、俺は土日しか休めないから、おまえが合わせて」

「あ、うん」

「雷門か、雷門ね」

まあ東京タワーよりは見所があるよな、と呟きながら、雄大は肩をふるわせた。朱鷺は冷めてしまったお茶をすすりながら、雷門に行けるんや、とニコニコした。

人間は欲望に忠実だ。朱鷺も例外ではなく、雷門に行く、と決めた日から、サクサクという仕事のペースをダダダに速めて、翌週の土曜を根性で空けた。

その土曜日、家で昼食を食べてから、地下鉄を乗り継いで浅草までやってきたところだ。

「うわぁ、外は暑いねぇ」

地下鉄の出口を出て、梅雨晴れ、カンカン照りの空を眩《まぶ》しそうに仰いで朱鷺は言った。雄大は、こっち、と朱鷺を誘導しながら答えた。

「雨よりいいだろ。土曜だから人が多いぞ、覚悟しとけ。財布、尻ポケットに入れとくと危ないぞ」

「あ、うん、でもどうしよう? 雄大はどうすんの?」

「俺はおまえみたいにトロくないから大丈夫」

「はあ!?」

「そこで袋買ってやるよ。浅草土産第一弾だ」

「ちょっと雄大、僕がトロいって、…」

「ほら朱鷺、あれが雷門」

「……ホンマや！　ホンマに提灯《ちょうちん》が提がってる！」

広い浅草通りを挟んで向かい側に、巨大な提灯をぶら提げた雷門が、デンと建っていた。

「うわ、すご…、ホンマに雷門って書いてあるやんっ」

「門の左右に立ってるの、風神と雷神なんだよ。そこから雷門て呼ばれてるんだ」

「仁王様と違うん!?　へぇ～」

感心しきりの朱鷺は雷門から目が離せない。雄大に腕を取られて交差点を渡り、鮮やかな朱色の、がっしりとした門の正面に立った。

「なんか…なんか、やっぱり違うねぇ」

「うん？　ああ、京都のこういうのと比べて？」

「そう。勢いがあるっていうか……、神さん仏さんのためっていうより、人間のために建ってるって感じがする」

「あー。江戸時代はこのへん、芝居小屋や遊廓《ゆうかく》があって、今でいう歌舞伎町《かぶきちょう》みたいなところだったからかな。庶民の町だったんだ。浅草寺《せんそうじ》も庶民信仰の寺だし、そのへんの違いじゃないかな」

「そうかもしれへんねぇ。迫力あるよねぇ」

「写真撮ってやろうか。そこに立ちな」

「うんっ」

朱鷺がいそいそと雷門を背中に立つと、雄大は本気かよと苦笑をして、それでもケータイのカメラを朱鷺に向けた。

雷門の巨大な提灯の下を、ちょっとドキドキしながらくぐると、そこは人でいっぱいの仲《なか》見世《みせ》だ。わあ、なにがあんの、と言って仲見世に進もうとした朱鷺は、ぐいと雄大に腕を引かれて仲見世から逸れた。

「なに？」

「財布入れる袋買ってやる」

「僕はそんなトロく、…」

「江戸千代紙の柄だぞ。欲しいんじゃないか～？」

「江戸千代紙……」

江戸という言葉に激しく心を揺さぶられ、雄大にニヤニヤ笑われながら、江戸千代紙と小物の店に入った。

「えっ、こんな柄があんねやっ」

雄大の期待どおり、朱鷺は目を丸くした。矢がすりや小紋は見馴れているが、力士や浮世絵の柄など初めて見る。手刷りの千代紙など、一枚数万円という値段がついていたが、資料としても欲しくて、あるもの全部買いたくなった。けれど今日は仕事やなくてデートやし、と思い、散々迷って、鞠《まり》つきをするウサギの柄の巾着袋《きんちゃくぶくろ》を買ってもらった。店を出て、財布を入れろと命じる雄大に従いながら、朱鷺は焦って言った。

「お金、僕が払う…」

「バカ、土産は素直に受け取れ」

「でも、…」

「さあ、次の土産を買いにいくぞ」

「あっ、待ってっ」

ズンズンと仲見世の人込みの中へ歩いていく雄大を追って、朱鷺はしっかりと雄大のシャツの裾《すそ》を掴んだ。

石畳の参道の両脇に、びっしりと軒を連ねる店々は、天井高の低さと店舗面積の狭さがなんとなく小屋の風情を残していたが、軒を含めて屋根全体をひと続きに整備してある様は、雨よけのないアーケード街を連想させた。

「なんか、想像してたより綺麗……」

「仲見世？　まあ観光地として変に整備しちゃったからな。昔はすごく雑然としてたんだよ。バラックみたいな店もあったし」

「そうなん？　雄大、詳しいねぇ」

「じいちゃんの家がここから近いんだ。じいちゃん繋がりで知り合いも多いし、高校ん時の友達も何人かいるから、半地元って感じかな」

「したら雄大、江戸っ子なんや!?　カッコイイッ」

朱鷺は目を輝かせた。京都っ子の朱鷺にとって、江戸っ子は無条件でカッコイイ存在なのだ。

「雄大、江戸っ子語、喋ってっ」

「はあ? てやんでぇとか言ってほしいのか?」

「そうそう、てやんでぇっ」

「無理。おまえがお母さんみたいな京都語を喋れないように、俺もじいちゃんみたいなべらんめぇは話せないよ」

「そんなに違うん?」

「違う。おまえ、シヅケとかオイヤとか言われても、なんだかわかんないだろ? そのエロにしちゃっちゃあ、イビにゃ見えねぇとか、意味わかるか?」

「うう…?」

「それより、ほら朱鷺、人形焼きがあるぞ。そっちに雷おこしもある。買ってやるから食え」

「あっ、うんっ。あ、雄大、草加《そうか》せんべいがあるよ、草加せんべいも食べたいっ」

「草加せんべいは埼玉の名物だ」

「あ…、そうなん…」

朱鷺はちょっと顔を赤くして、雄大に買ってもらった人形焼きにその場で囓《かじ》りついた。

土産物品店には、化繊のペラペラの着物風謎の衣類や扇、御用捕りが持っていたような提灯のミニチュアやこけしといった、外国人観光客向けの土産がほとんどだったから、二人ともさらりと視線を向ける程度だった。本物の江戸友禅の和装小物の店や日本刀の店もあった

中家人形焼本
元祖
人形焼

が、見たいとも欲しいとも思わないので、ここもやっぱり素通りした。

「はい、それじゃそろそろ、朱鷺ちゃんご所望のあんこ玉を食べにいくか」

「うんっ、あんこ玉、あんこ玉っ」

仲見世を途中でヒョイと折れて、一本向こうの通りにある老舗の和菓子店へ向かった。店舗二階の喫茶室で、朱鷺は待望のあんこ玉、雄大は芋《いも》ようかんを、それぞれ抹茶のセットで注文する。すぐに運ばれてきたあんこ玉を見て、朱鷺は目を丸くした。

「ホンマにあんこの玉や…」

「だからあんこ玉なんだよ。言っただろ、あんこの玉だって」

「うん、いただきます……」

ピンポン玉程度の大きさのあんこ玉に楊子《ようじ》を入れて、パクンと口に入れた朱鷺は、予想外の食感に、う？ と眉を寄せた。雄大がふっと笑った。

「感想は」

「…周りの寒天、ないほうが、おいしいと思う…」

「寒天でくるんどかないと、あんこが乾燥しちゃうからな。ほら、口直しに芋ようかん」

「口直しって、べつにあんこ玉かてまずくないし……、あ、芋ようかん、おいしいっ」

雄大に口に入れてもらった芋ようかんを味わって、朱鷺はニコーッと笑った。サツマイモの香りが口いっぱいに広がって、しっとりしててねっとりしてて、本当においしい。すっかり気に入った朱鷺は、店を出る時、一階の店売所で芋ようかんをお土産に買った。

「さてじゃ、浅草寺に行きますか」

「はいっ」

和菓子店からぶらぶら歩いて伝宝院《でんぼういん》通りに出る。朱鷺はわあと目を見開いた。

「独特な感じやねぇ。仲見世よりこっちのほうが浅草って感じがする」

左手にずっと続く白い塗り壁。右手に軒を連ねる呉服店や鰻《うなぎ》店は、仲見世とは違って、それぞれ店構えが異なっている。道幅があるわりには人通りが少ないのも、落ち着いていていい感じだと思った。雄大がふふっと笑って言った。

「この左手のが伝宝院っつって、浅草寺の本坊なんだ。だからこの通りを伝宝院通りって言うんだよ」

「へー、そうなんやぁ」

「俺が子供の頃は、もうすっげぇ怪しかったんだぞ、この通り。どこから仕入れてきたか、考えちゃいけないようなバラックの古着屋とか、屋台の飲み屋とかが並んでてさ。街灯もなくて暗かったし」

「そういうん、ちょっと見てみたかったなぁ」

「浅草的ないかがわしさっていうのは、もうなくなっちゃったな」

そんなことを話しながら宝蔵門《ほうぞうもん》をくぐる。ここにも入舟町《いりふねちょう》と書かれた大きな提灯が提がっていて、京都にはこういうものはないので、朱鷺は興味深く思った。その山門を抜けた時だ。朱鷺の視界の端に、なにかひっかかるものが入った。なんやろ、と思って振り返って、朱鷺履だ。


は驚きの声をあげた。

「えーっ、なにこれ!? 草履《ぞうり》!? おっきい！」

山門の両脇に、巨大なんてものではない草履がかかっていたのだ。本物の、藁《わら》でできた草履だ。

「なんで、なんで雄大!? なんでここに草履があるん!?」

「あー、俺もわかんないや。フッーに、ここには草履があるもんだと思ってきたから……。あとで地元の奴に聞いてやるよ」

「いや、すごいすごいっ、この草履見られただけでも、浅草に来てよかったっ」

巨大な寺社建築は京都にもごろごろあるが、巨大な草履はきっとここにしかない。そう思い、朱鷺は興奮気味に草履の写真をケータイで撮った。五時を過ぎていたからか、寺務所は閉まっていて、おみくじもお守りも買えなかった。香楼《こうろう》の線香もほとんどなくなりかけていたので、二人で慌てて頭に煙をかぶり、思いつく限りの願をかけた。

「はい、これが浅草寺。中にはたしか、観音様がいるはず。天井画が有名なんだけど、俺は見たことないし、しかも今日は時間が遅くて見学できないな。ごめん」

大雑把な雄大の解説を聞いて、朱鷺はううんと首を振った。

「また来るから、その時にでも見るし」

「お、芋ようかんを買いにくるのか」

「違う、江戸千代紙。資料として欲しいん。あっ、今日は買わへんよ、雄大は買ったらアカンよ、経費で落とすから」

「…はいはい」

この可愛い朱鷺と経費という言葉がなんだか不似合いで、雄大は苦笑してしまった。

それから鳩《はと》ぽっぽの碑や五重の塔、三社さんなどをのんびり見物して、六時ちょっと前に寺を出た。仲見世から逸れて、狭い裏道に回って雄大が言った。

「さて、メシ食おう。いい加減、腹減った」

「うん。なに食べるん？　浅草っていったら、やっぱり天ぷら？」

「いや、せっかくだから旨いもの食べようと思って。それでまぁ、たぶん、おまえには初体験の食べ物」

「え、なに？　なに食べるん？」

「それは着いてのお楽しみ～」


ニヤニヤ笑う雄大に連れていかれた先は、打水された石畳の通路が奥の玄関へと導いてくれる、いかにも老舗といった雰囲気の料理屋だった。のれんには『真中《まなか》』と店名が染めてある。江戸前日本料理っていうジャンルがあるんかなと、わくわくしながら雄大に続いてそののれんをくぐると、出迎えてくれた女将《おかみ》さんに雄大が言った。

「こんばんはー」

「いらっしゃいませー、お待ちしてました。さあ、どうぞ」

促されて店に上がった朱鷺は、すべって転びそうなほどピカピカに研《みが》かれた板廊下を歩きながら、あれ？　と内心で首を傾げた。

（雄大、名前言わへんかったよね？）

顔を覚えられてるくらい、よく来てるんかなぁと思ううちに、中庭に面した部屋に案内された。

「はい、朱鷺。上座へどうぞ」

雄大に言われて、朱鷺は顔を赤くして首を振った。

「いいっ、いいっ、雄大が上に座ってて」

「だって今日は、おまえがお客さんなんだし」

「いいん、いいから、雄大が上座に座ってて、僕は無理っ」

「なんだ無理って」

ははは と笑った雄大が、それでも上座に座ってくれたので、朱鷺はホッとして空いている席に座った。ふう、と息をついて座卓の上を見ると、和紙で蓋《ふた》をした、なにやら鉄鍋《てつなべ》らしきものと、鍋に入れるような野菜類が皿に盛られて載っている。朱鷺は首を傾げて雄大に尋ねた。

「お鍋なん？」

「ふっふっふ。すき焼きだ」

「…すき焼き！　関東風の!?」

「そう。食べたことないだろ？」

「ないないっ、なんか作り方がちゃうんよね!?」

「それはこれから自分の目で見な」

そこで仲居さんが品書きを持ってやってきた。なに飲む？　と雄大に聞かれて、ウーロン茶と朱鷺が答えると、雄大のほうは酒と刺身の小鉢を頼んだ。仲居さんが下がると、雄大はふうっとくつろいだ様子を見せた。

「ちょっと飲んでもいいよな？」

「全然ええよ。でもお酒なんてめずらしいね」

「理由は簡単、ここの酒が旨いから。それだけ」

本当に簡単な理由に朱鷺がふふっと笑ったところで、飲み物と前菜が運ばれてきた。料理を口に運びながら、朱鷺はちらりと雄大を見て、うふっと笑った。家で缶ビールをガーッと飲む雄大と違って、猪口《ちょこ》でクイッと酒を飲む雄大がカッコイイ。なんだよ、と視線を向けてきた雄大に、ううんと首を振って朱鷺は答えた。

「なんか嬉しいなと思って。ぴったり二人用っていう部屋で、雄大と二人で料理食べられて」

「嬉しく思ってくれて嬉しいよ。庭が見えるのはここと隣の部屋だけなんだ。指定したわけじゃないんだけど、この部屋でよかったな」

「うん。襖絵《ふすまえ》もお軸も歴史があるって感じやんね。これたぶん、ホンマの手描きやで」

「ふうん？　俺にはただの古ぼけた襖にしか見えない。新しくする費用、ケチってんだよ、きっと」

「もう。いらんこと言いなや」

朱鷺は雄大をちょっと睨んだ。前菜、お造りと食べ終わると、いよいよ肉が運ばれてきた。仲居さんが和紙の蓋を外し、卓上コンロの火をつける。次の瞬間、朱鷺は目を真ん丸にした。鉄鍋に、真っ黒な液体がドボッと注がれたからだ。

(嘘、なにこれ!?)

想像を絶する先制攻撃に鍋を凝視していると、さらにそこに野菜やシラタキがざくざくと投入されたではないか。あっという間にふつふつと煮えてきた黒い液体に、今度は肉が入れられた。

(なんなん、すき焼きちゃってすき煮やんね!? え、なに!? 関東ではこれをすき焼きって言うん!?)

カルチャーショックだ。薄笑いを浮かべた雄大に観察されていることにも気づかず、朱鷺は仲居さんに言われるまま生卵の入った小皿を手渡し、卵を溶いたその中にさっと火をとおした肉が入れられ、今度は逆に手渡されるまでを、ほとんど固唾《かたず》を飲んで凝視した。仲居さんが、ごゆっくりお召し上がりください、と言って下がると、雄大に笑い声で言われた。

「熱いうちに食え」

「あ、うん…」

どんな味なんやろうと、そっと肉を口に入れた朱鷺は、とろける旨味《うまみ》に思わず笑顔になった。

「おいしいっ」

「だろ。ここは肉が旨いんで有名なんだ。じゃんじゃん食え。関東風すき焼き、びっくりした？」

「したしたっ、最初におつゆ？　入れた時、なにすんのかと思ったよ。これ、焼くっていうより煮るやんねぇ？」

「言われればそうだな。割下、辛かったら、だしで好きに薄めな。ほら朱鷺、肉が煮えたぞ」

「あ、待ってっ」

雄大からポイと小皿に肉を放りこまれて、朱鷺はちょっと必死になって食べた。その間に茶碗蒸《ちゃわんむ》しやお吸い物、ごはんに香の物、雄大が追加した酒が運ばれてくる。二人で食べて、飲んで。朱鷺がおいしいねぇと言えば、雄大はひどく嬉しそうに笑う。お土産も買えてよかったねと、両手に巾着と和菓子を持ってみせると、子供のような仕種を雄大がはははと笑った。おいしくて、楽しくて、幸せな時間。鍋にはもう、野菜が少し残っているだけだ。その時、若い女性の声がした。

「失礼しまーす」

すらっと開いた障子の向こうに膝をついていたのは、あでやかな着物を着た、自分たちと同い年くらいの女性だった。髪をぴっちりと一つにまとめて、素顔かと思うくらいの薄化粧だ。凜とした目を持っていて、笑顔が明るい。仲居さんとは雰囲気が違う、と朱鷺が思っていると、雄大がめずらしく焦った声で言った。

「おまえっ、顔見せるなって言っただろっ」

「水菓子持ってきただけですーだ。なによ、ご挨拶なあんたなんかには出してやんない」

そうして朱鷺の前に、本当に二人分のメロンを置いて、にこっと笑って言った。

「いらっしゃいませ。若女将の千世子《ちよこ》です。千世子という名の宿命で、みんなからチョコって呼ばれてます。そこのいけ好かない男とは、中学、高校と同級生だったんですよ」

「いいからっ、下がれよっ」

雄大が顔をしかめて、出ていけという手振りをする。千世子はフンと笑った。

「そんな態度取っていいの？　あんたの恥ずかしい話をバラすわよ」

「おいっ」

「ソエジは高校ん時にね、下着を女子に見られたことがあるんですよ」

「まだ着替え中だったのに、おまえらが勝手に入ってきたんだろっ」

「女子より着替えが遅い男がいるなんて、思ってもいなかったもん」

ねえ、と千世子は朱鷺に、いたずらそうな笑顔で同意を求めた。朱鷺がククッと笑って小さくうなずくと、千世子はほらねと勢いを得て続けた。

「そん時ソエジは赤のチェックの下着を穿《は》いてたもんだから、あっという間にソエジの赤チェックってのが女子の間に広まったんですよ」

「雄大くんて人気者だったんですか？」

朱鷺はニヤニヤしながら尋ねた。なにしろ雄大は、今でもチェックの下着を身につけているのだ。千世子はふふっと笑って教えてくれた。

「こんな男だから。わかるでしょ？」

「あ、うん」

朱鷺もふふっと笑ってうなずいた。大学時代の雄大が思いだされた。人怖《ひとお》じしない性格と、真っすぐな心根と、思いやりに長《た》けた雄大。朱鷺が憧《あこが》れ、いつしか恋心を抱くようになった格好のいい男。高校の時もああだったのだろうと思ってニコニコすると、雄大はなぜか不機嫌に千世子に言った。

「いいから、もう戻れよ。昔のことなんかこいつに話すなよ」

「あら、どうしてぇ？」

「え、なんで？」

朱鷺は千世子と同時に言った。思わず二人で顔を見合わせ、ねえ、とうなずき合って、朱鷺は雄大に言った。

「雄大の昔話聞くの、初めてやもん、面白いよ」

「だけど、おまえ、…」

「雄大の恥ずかしい話、ほかにはないんですか？」

朱鷺がニヤつきながら尋ねると、千世子はそうねぇと意味ありげな眼差しで雄大を見て答えた。

「玄関が閉まってるの気づかないで、走り抜けようとしてガラス扉に突っこんでブチ破っちゃったとか、学祭の後夜祭の時、せっかく女装したのに誰も笑ってくれなかったとか、校庭を覗きながら猥褻《わいせつ》な行為をしていた痴漢を、五キロも走って追いかけたとか、そういう武勇伝はあるかな」

「うわぁ、なんかいろいろ危ないことしてたんやねぇ」

「ワイシャツに点々と血をつけて登校してきた時は、先生に怒られたねぇ。喧嘩したんなら、一度家に帰って着替えてから来るもんだって」

「えっ、喧嘩!?」

びっくりして雄大を見ると、雄大は嫌そうな表情で答えた。

「喧嘩じゃないって。説明できる雰囲気じゃなかったから、そのままにしちゃっただけだって」

「ホンマはなんやったん?」

「だから…、電車の中で痴漢してる男がいて、そいつを捕まえて次の駅で下りて、駅員に渡そうとしたら殴られたんだよ。ちょうど階段の降り口のところにいたから、はずみで転げ落ちて、鼻血が出たりあちこちに擦り傷ができただけ」

「危な…!」

「んでまぁ、遅刻しそうだったからそのまま次の電車に乗って、ガッコに着いたらいきなり怒られたっつーわけ」

「なんで先生にちゃんと言わんかったんっ、雄大が怒られることとちゃうやんっ」

「だって結局、その痴漢、逃がしちゃったんだぞ？　そんなこと恥ずかしくて言えないだろ」

「あーもー、雄大ってばホンマに雄大なんやから～…」

朱鷺が溜め息をつくと、そうよねぇと言った千世子が明るく笑った。

（いい人やねぇ）

メロンを口に運びながら、千世子を好きになっている自分に朱鷺は気づいた。雄大と千世子が共有する思い出を、朱鷺にまったく疎外感を感じさせずに話してくれる。まるで昨日学校を休んだ朱鷺に、こんなことがあったよと教えてくれるクラスメートのように。ぴしっと伸びた背筋も、パキパキした仕種も、それと気づかせない思いやりも。気持ちのいい女性だ。

（雄大は女性の友達もいて、すごいなぁ）

性別など関係なく、雄大はきちんと人を見て付き合っている。やっぱり雄大はいい男だと朱鷺は惚れ直した。

千世子が近所の友達の近況を雄大に話しているのを、ほほえみながら聞いていた朱鷺は、なんだか苛立たしそうな相槌《あいづち》を打つ雄大に気がついた。変やな、と朱鷺は内心で首を傾げた。雄大はこんなふうに人に、邪険ともいえるような態度を取る男ではないはずだ。

「そんでね、ヤッちゃんは結局、花菱《はなびし》を継ぐことになってね、…」

「だからもういいってっ」

雄大はうるさそうに千世子の言葉をさえぎると、朱鷺の顔色をうかがうような視線を向けてきた。

「ごめんな朱鷺、つまんないよな、こんな話」

「あ、ううん、聞いてて面白いよ。さすが浅草やね、みんなお商売してはる家なんやね」

「あのな、こいつ、こんな馴々《なれなれ》しいけど、…」

「馴々しいってなによ、…」

「チョコは黙ってろよっ」

きつい口調で雄大は言った。千世子はツンとした表情でそっぽを向き、朱鷺は驚いて雄大を見つめた。雄大はちょっと朱鷺のほうに身を乗りだして、真剣な表情で言った。

「こいつとは中高と一緒だったけど、本当はもっとガキの頃からの知り合いで、家族ぐるみの付き合いなんだ」

「うん」

「だからこいつは、観音様の鳩か真中のチョコかってくらい十把一からげの存在で、女だなんて思ってことないし」

「ちょっと雄大っ…」

「とにかく、こいつとはただの友達なんだ、昔から今まで、ずっと友達」

「わかるて」

「この店に連れてきたのも、浅草ならここが一番旨いからで、こいつは関係ないんだ。予約した時、こいつには顔を出すなってきつく言っといたんだ。それなのに勝手に出てきて」

「べつにいいやん、友達なんやし、顔を見せへんほうがおかしいやん」

朱鷺は素直にそう言って、ねえ、と千世子に笑顔を向けた。雄大は必死になって、千世子はただの友達だと……つまり惚れたはれたはなかったと説明するが、そんなことは千世子を見ていればわかる。なにか雄大は思い過《す》ごしているようだが、とにかく朱鷺は雄大と千世子の関係を疑っていないし、嫉妬もしていない。

（雄大は気を回しすぎ）

朱鷺は心の中で苦笑して、千世子に言った。

「久しぶりなんやし、たくさん話したいことありますよねぇ」

「ないない。こんな湿気った花火みたいな野郎に話すことなんかありゃしません」

千世子は雄大にフンと鼻を鳴らし、打って変わって朱鷺に笑顔を向けた。

「そうそう、お客さん、…」

「あ、椎名です」

「はい、椎名さん。椎名さん、ソエジと大学で同級生だったんでしょ？　あ、ごめんなさい、ソエジが予約の時に、大学の友達連れていくって言ってたから。たしか経営を勉強なすってたんですよね。そしたらやっぱりお家はお商売を？」

「実家は京都で組紐の店やってます。組むほうやなくて、売るほう」

「うわあ、京都って感じ！　あ、今日の帯締めどうかしら？　替えるんだったら何色がいいと思います？」

「んー…紫なんかいいかも。帯揚げも同じ紫にすると、すごく個性的になると思いますよ」

「紫か！　それは思いつかなかったわ、お聞きしてよかった！」

千世子はパンと手を打って、ニコォッと笑った。

「さすがねぇ、椎名さん。それじゃ今はアレかしら、東京で、なんてのかしら、支店みたいなことなすってんの？」

「いえ、僕はこっちでホームページを作る仕事をしてるんです。ＷＥＢデザインてわかりますか？」

「わかるわかるっ、えっ、もしかして独立して!?」

「はい、まあ、一応」

「すごいわっ、ソエジと同級ってことはあたしと同級、ってことは二十五、二十六でしょ？それで社長だなんて、見上げちゃうわっ、すっごいねぇー」

「でも千世子さんかてこのお店継がはるんでしょう？　雄大も次の社長やし」

「やだ、あたしらなんか、まだどうなるかわかりゃしないもの。親のすね、囓ってるようなもんよ。それに比べて椎名さんはホントすごいっ、立派だわっ。ハンチクなことじゃあ、こうはなれやしないっ」

「べつに、そんなすごくないし…」

心から感心しているような千世子に、朱鷺のほうが恥ずかしくなってしまった。照れ隠しにメロンを口に運ぶと、うんっ、と力強く千世子がうなずいた。

「ソエジなんかよりよっぽどしっかりなすってる。ソエジの百倍大人だわ。おばちゃんが心配することなんか、全然ないっ」

「え？」

声を出したのは雄大だった。それまで仲間外れにされた子供のように、そっぽを向きながらも二人の様子をちらちら見ていた雄大は、今は千世子にしっかり視線を向けて尋ねた。

「おばちゃんて、俺のおふくろ？」

「そうよ。先週…先々週だったかな？ お中元のお礼でおばちゃんが電話くれてね。そん時あんたのこと心配してたから」

「心配って？」

「あんたが居候してる友達のとこ…、椎名さんでしょ？ 椎名さんとこに本格的に引っ越すって言いだしたって。そんでね、椎名さんがどんな人かわかんないし、あんたは椎名さんに会わせてくれないし、どうしたもんかしらって、まぁ相談とまではいかないけどね、こぼしてたのよ」

「あーもー、おふくろ…っ」

雄大は険しい表情で舌打ちした。雄大と母親の間でそんなやりとりがあったことなど知らない朱鷺は、もちろんびっくりしたが、同時に雄大の挙動不審の理由に合点がいった。

(佃煮もらってきた日やねぇ……)

あの日に住民票を移すと母親に告げ、反対されたのだろう。それも独立自体に反対されたのではなく、椎名朱鷺がどんな男なのかわからないから、反対されたに違いない。だから帰宅した雄大は、朱鷺がどんなにすごい男なのか、まるで母親からかばうように朱鷺に訴えたのだ。

（でもお母さんなら心配しはるよ）

なにしろ自分は、情緒不安定ということになっているのだ。朱鷺が小さく苦笑をすると、横で雄大が思いがけず厳しい声で千世子に言った。

「だからおまえ、おふくろの代わりにこいつにいろいろ聞いたのか!?　スパイみたいにっ」

「ちょっと！　聞き捨てならないね！」

千世子もとがった声で言い返した。

「あたしがそんな卑怯《ひきょう》な真似をすると思ってんの!?　見くびんないでよっ」

「じゃあなんで根掘り葉掘り聞いたんだよ!?　初対面だろ!?」

「椎名さんがいい人だからに決まってんじゃないっ。トンチキな野郎だったら名前だって聞きゃしないよっ」

「でもおまえは、おふくろがなにを思ってるか知ってて、顔出したんじゃないか！　それはどう言い訳するんだよっ」

「言い訳だってぇ!?」

「今度おふくろに聞かれたら教えるんだろ!?　椎名さんはこれこれこうで、こんな感じの人だったたって！　おふくろのスパイじゃないかよっ」

「ふざけんじゃないよっ」

「雄大、やめっ！」

いきり立った千世子の声に、朱鷺の声が重なった。顔を紅潮させて雄大を睨んでいる千世子に、朱鷺は居住まいを正して頭を下げた。

「雄大が失礼なこと言うて、ホンマにごめんなさい」

「椎名さんが謝るこっちゃありませんよっ、悪いのはこのトンカチだっ」

「なんで俺が悪いんだよ!? おふくろのこと黙ってたおまえが、……」

「雄大は黙っとき！」

ぴしりと朱鷺が言った。普段がやわやわしている朱鷺だから、この厳しい態度には驚いて、さすがに雄大も口を閉ざす。朱鷺はもう一度千世子に謝った。

「ホンマにすみません。これは僕たちの問題やのに、雄大のアホが千世子さんに当たったりして、筋違いもいいとこです。ごめんなさい」

「やだ、あたしのほうこそ椎名さんに頭下げてもらう筋はありませんよ。どうぞお顔を上げなすってくださいな。ね？」

「ありがとうございます。ホンマにもう、なんでこんなに怒るんか……」

「お銚子二本空けてるし、気が大きくなっちまったんでしょ。花瓶の水でも飲ましときゃよかった」

そう言って千世子は明るく笑った。恐ろしく失礼な態度を取った雄大に、それとなく言い訳の理由を与えてくれたり、恐縮する朱鷺に気遣いは無用と笑ってみせたり、千世子は本当に素敵な女性だと朱鷺は思った。

（それに比べてウチの雄大は）

ちらりと横目で雄大を見ると、思いきりむくれている。なにがどうしてこんなに怒るのか全然わからない。朱鷺は内心で大きな溜め息をつき、千世子に笑顔で言った。

「お料理、みんなおいしかったです」

「ありがとうございます、お口に合ってよかったわ」

「ホンマにごちそうさまでした。それで、お会計をお願いします。あとタクシーを呼んでもらえますか？　このトンカチを持って帰ります」

「そうですか？　こんなトンカチ、ホントにご苦労なことだわね。じゃちょっとお待ちになっててくださいね」

千世子は朱鷺にだけ頭を下げて部屋を出ていき、それきり顔を見せなかった。


「楽しかったねぇ、浅草」

家に帰り着き、朱鷺はうきうきと台所に入ってお茶の用意をした。

「芋ようかんはあとででええよね？　今お腹いっぱいやし」

「……」

「巾着は額装して部屋に飾ろうかな？　でもそれやったら風呂敷のほうがいい？　はい、お茶」

「……」

「あの椿《つばき》の柄、ホンマに綺麗やったよねぇ。山吹色《やまぶきいろ》の寶尽《たからづ》くしの柄はリビングに合いそう」

「……」

「あっ、あとで草履のこと調べんと！　山門にあんな大きな草履なんて、どんな謂《いわ》れがあるんやろうね？」

「……」

はしゃぐ朱鷺とは対照的に、雄大は沈黙をとおしている。真中で朱鷺に、「黙っとき！」と叱《しか》られてからずっと、いやがらせのように黙っているのだ。けれど朱鷺は気にもしない。イケズを吹っかけてきたら受けて立つが、黙っているなら飽きるまで黙らせておけばいいだけで、楽なものだと思っている。

「お風呂、先に使うよ」

お茶を一杯飲んで、ほがらかに言って、頑固に不機嫌を維持する雄大を放って、朱鷺は風呂に入った。いつものようにオレンジの香りの泡風呂にゆっくりつかり、仲見世の賑《にぎ》わいや大きな提灯、大きな草履を思い返してふふっと笑う。しゃきしゃきした千世子は雄大とちょっと喋り言葉が違っていて、江戸言葉の一端に少しふれることができた気がして、朱鷺は嬉しくなった。

風呂を上がると、雄大はまだソファでむくれている。子供、と内心で溜め息をついて、朱鷺は冷蔵庫から水を取りだして、雄大に言った。

「お風呂空いたよ。入ってきちゃえば？　今日は歩いて汗かいたし」

「…なんでおまえはそうなんだよっ！」

雄大が口を聞いた。だんまりも九十分が限度だったようだ。やれやれと思いながら、朱鷺は台所の入り口の壁にもたれて尋ね返した。

「そうって、なにが？」

「なんでそうやって、なんでもかんでも我慢するんだってことだよっ」

「……我慢？」

予想外の言葉だ。今日の自分には我慢を必要とすることなど一つもなかった。なにかを勘違いしているにしても、どのへんだろう？　朱鷺が首を傾げて考えていると、また雄大が怒った声で言った。

「そうやってわかんない振りするなよっ」

「振りって、振りとちゃうよ？　僕今日、我慢することなんかなんにもなかったもん」

「だからっ、それが…っ」

雄大は言葉をとぎらせると、バンとソファを叩いた。なにを怒っているのかわからないが、気持ちが昂《たか》ぶりすぎてうまく言葉にならないのだろう。朱鷺はそう思い、こくんと水を飲むと、ゆっくりと歩いて雄大に近づき、そっと隣に腰を下ろした。

「……僕はいっつも言葉が足りひんくて、それで雄大を寂しくさせたりして、悪いなって思ってるよ。でも今日はね、雄大のほうこそ言葉が足りひんよ」

「は!?」

「なんで雄大は、僕が我慢をしてるって思うん？　なにか今日、我慢をしんとあかんことがあった？」

「だっておまえ…っ」

「うん？」

「だって…っ」

朱鷺の柔らかな視線を受けて、雄大はグッと奥歯を噛んだ。それから一息に言った。

「チョコが昔のことベラベラ喋ってるの聞いてて、ムカついただろ!?」

「べつに？」

「嘘つけっ！　いくら俺の同級生とはいえ、チョコはおまえにとって知らない女だろ？　その知らない女が、俺と親しそうに、おまえにはわからない昔の話してたら、ムカつかないほうがおかしいよっ」

「……」

　雄大の「力説」を聞いて、朱鷺はおかしくてふふっと笑ってしまった。つまり雄大は、朱鷺が千世子にヤキモチを妬《や》いていると思っているのだ。雄大は可愛いねぇと思ったが、それを口にしたら、雄大のへそが曲がるどころかねじれてしまうと思ったから言葉にしなかったのに、雄大はそんな朱鷺にますます腹を立てた。

「だからそうやってヘラヘラ笑うなって言ってるんだよっ」

「はいはい、ごめんなさい。それで、まだあるんやろ？　僕が腹を立てたって雄大が思ってること」

「あるよっ」

ギッと眉を寄せて、少し顔を紅潮させるほど怒りながら雄大は言った。

「おふくろのことだよっ。家族でもなんでもないチョコに、なんでおまえのことを言ったりするんだよ!?　しかも、どんな人かわからない、なんて、不審者みたいな言い方してっ、カチンとくるだろ!?」

「ううん、カチンもコチンもきぃへんけど？」

「くるよっ、くるだろ!?　腹が立って当然だっ、俺がおまえの立場だったら超ムカついてるよっ」

「あんねぇ、雄大、…」

「なのにおまえはニコニコ平気な顔してっ。なんで我慢するんだよ、ムカついたならムカついたって、俺にあたれよっ、そういう気持ちを俺にまで隠すなよっ」

「なんで僕が気持ち隠してるなんて思うん」

「思うよっ、だっておまえ、ずーっと隠してきたじゃないか、俺のこと好きだっていう気持ちっ」

「あー……」

そうや、そういう前科があったんやと思って、朱鷺が困った表情を見せると、やっぱりそうか、と勘違いした雄大が、さらに興奮して言った。

「俺のためだかなんだか知らないけど、自分の気持ちを我慢するおまえは好きじゃないっ、八つあたりでもなんでもいい、腹が立ったらとにかく俺にあたれよっ」

「エイ」

朱鷺はポスンと雄大に肩をぶつけた。は!? と眉を寄せる雄大に、ニコッと笑って朱鷺は言った。

「はい、雄大にあたったよ」

「…おまえっ、ふざけるなよっ！」

「ふざけてません。雄大、また怒るん？　瞬間湯沸し器みたいやね」

「朱鷺っ」

「でもそういう雄大が好きや。大好き。愛してます」

ギュッと雄大の腕に抱きついた。思ってもいなかった朱鷺の行動に、雄大は驚いて朱鷺を見つめてしまう。朱鷺は雄大の腕に頬ずりをしながら穏やかに言った。

「僕は雄大ならなんでも好き。怒りん坊でも甘えん坊でも、しっかり屋さんやけどヘンタイでも」

「ヘンタイ!?」

「そう、ヘンタイでも雄大なら好き。僕と全然違うところがあっても、ていうか、違うところがある雄大が好き」

チュッと雄大の腕に口づけて、朱鷺は雄大を見つめて続けた。

「でも雄大は、こんな僕やと不満なん？　雄大の感じたように感じて、雄大が思ったように思わへん僕は、好きやないん？」

「え、いや……」

「雄大は僕に、雄大の期待どおりに振る舞ってほしいん？　なんでも雄大とおんなじにしてほしいん？　雄大が嫌いなもんは、僕も嫌いにならんとあかんの？　雄大の双子みたいに、雄大の分身みたいに、そんなふうに僕になってほしいん？　そういう僕やないと、嫌いなん？」

「いや、違う、…」

「僕がちょっと前に、仕事で悩んでたの覚えてる？　ズバーンでビカーッ」

「あ、うん」

どうして今その話を？　ととまどう表情を浮かべる雄大に、朱鷺は静かに続けた。

「僕には理解できひん感覚を、雄大はさらっと理解したやろ。それと同じやて思わへん？　僕が綺麗やて思ったものを、雄大は綺麗やと思わへんかもしれへん。僕がおいしいて思ったものを、雄大はおいしいと思わへんかもしれへん。それと同じやん？」

「あ……」

「僕と雄大は別々の人間なんやから、なにをどう思うか、考えるかは、違って当たり前やん？　それでも雄大は、なんでも同じように考える僕やないといやなん？　雄大が思ったこととおんなじことを思う僕やないと、好きになれへん？」

「あ、違う……、あー、クソッ、ごめん…っ」

もーっ、と言って、雄大は天井を仰いだ。そのまましばらく天井を睨んでいたが、ふっと脱力してソファにもたれると、もう一度ごめんと言った。

「おまえのこと、好きすぎた……、いや、好きすぎるのはこれからも続行するけど、なんつーか、おまえを…おまえのことを…」

「…うん？」

「好きで好きで、もうようやくおまえを俺のものにできて、嬉しくて、愛して愛して、死ぬほどおまえに惚れてて……」

「……」

「おまえの好き嫌いとか、おまえのお家大好き病とか、たまにすげぇクールな面を見せて俺をムカつかせたりとか……、おまえの顔色や、めちゃくちゃな生活時間で、おまえが今どんな状況かわかるようになってきて……」

「うん……」

「おまえのことなら世界で一番、俺がわかってるって思い上がって……、こういう時、おまえならこう思う、こう考えるって、それは俺の考えなのに、おまえもそうなんだと思いこんで……」

ダメだ俺は、と片手で顔を覆った。好き合うことと認め合うことは丸きりべつのことだ。

いくら魂ごと朱鷺を愛していても、朱鷺は自分のものではない。自分の好きなようにできる所有物ではないのだ。そんな、初歩の初歩、人を好きになる上でわかっていて当然のことを、本当に今さら理解した。遅すぎだろ、俺、と雄大は嘆息した。

「ホント、ごめん。俺おまえのこと、椎名朱鷺っつー一人の男だって、ちゃんと認めてなかった。おまえは俺のものだけど、それは絶対誰にも譲らないけど、おまえの心だけじゃなく、感情まで俺のものだと勘違いしてた……」

「そうやね。僕は死ぬほど雄大が好きやけど、その雄大にキーッと腹を立てることもあるしね」

「あるある。おまえ、怒った鶏《とり》が羽を飛び散らして攻撃してくるみたいに怒るもんな」

「そのたとえにはものすごく反論したいところですけど、とにかく僕が千世子さんにも雄大のお母さんにも、ムカムカしてへんことはわかってくれた？」

「あい、わかりました……」

雄大はもう一度大きく息をつくと、ようやく顔から手をどかして、朱鷺に微苦笑を向けた。

「こんなことなら、最初から言っておけばよかったな」

「なに？　お母さんのこと？」

「そう。佃煮もらってきた日にさ、住民票を移すって言ったんだよ」

「うん。やて思った」

「……気がついてたのか？」

「なにかあったなとは思ってたよ。あの日から物言いたげな顔で僕のことじーっと見てるし、なに？　って聞いても、なんでもないってはぐらかして。そのくせまた、じーっと僕を見るん。今やから言うけど、すごいうっとうしかったよ」

「ごめん」

雄大は思わず苦笑してしまった。死ぬほど雄大が好きと言ったその口で、雄大をうっとうしいと言うのだ。そんなふうに思われていたなんて全然知らなかった、本当に俺は朱鷺のことをわかってないなと思い、苦笑いしながら雄大は言った。

「だっておまえに、なんて言おうかと思ってさ。言えねぇよなぁって」

「住民票、移せへんくなったって？」

「そう。どうしてって理由聞かれても、話せないだろ。まさかおふくろが、おまえとの同居に不安を持ってるなんて」

「本当はなんて言うたん？　ちゃんと教えて」

「あー、だから…、おまえの情緒不安定を心配してて、本当に同居を始めたら相互依存に陥るんじゃないかって。その問題は解消したって言ったんだけど、そしたら今度は、椎名朱鷺っつーのはどういう男だとか言いだして」

「うん」

「ウチの会社のホームページ作ってるデザイナーだって言ったんだけど、まだ納得しないで、おまえに会わせろとか言うんだよ。会わせられないだろ、俺たちの関係からいって」

「うん。無理。僕、雄大のお母さんに会ったら、僕たちのことがバレたらアカンて思って緊張しすぎて、絶対不審な行動を取る」

朱鷺はこくっとうなずいた。そうだろう、と言った雄大が肩を抱き寄せてくれるのに任せ、でも、と朱鷺は言った。

「お母さんの気持ちもわかるよ。お母さんは、僕が情緒不安定で、雄大がここに住みこんで、面倒を見ぃひんとあかんくらいの重症やったって思ってはんねんから」

「……まあ、な」

「せやったらそれは、最初に嘘をついた雄大が悪い。ご両親の親切心を利用して、手っ取り早く事を運ぼうとしたから、そのツケが今回ってきてんねんよ」

「でも、あの時は…」

「そう、仕方なかった。雄大があぁいうアホなことしたから、今があんねんし。でもやからって、結果オーライっていうんは僕たちの勝手な言い分で、嘘を本当やて思ってはるお母さんが、雄大がここに住むことを心配するのは当たり前やん」

「そりゃまぁ……」

「千世子さんにこぼしたのかて、雄大を思えばこそなんやから。なのに千世子さんや、間接的にお母さんにもあんな態度取って。雄大ってサイテーなところあるやんね」

「……」

ぐう、といった感じに雄大は黙りこんだ。朱鷺はふふっと笑うと、雄大にギュッと抱きついて言った。

「サイテーなところもひっくるめて、雄大が好きやけどね」

「あー…ありがと…」

「とにかく、住民票を移すのはしばらく先やね」

「先やねって…」

なんでもないことのように軽く言った朱鷺に、雄大はうかがうような視線を向けた。

「おまえ、いやじゃないか？　俺がきっちりとここに居所を移さなくて、不安じゃないか？　大丈夫か？」

「なにが？　べつに不安になんかならへんやろ？」

「えぇー？　なんだよ、おまえー…」

雄大が、勘弁してくれよといったふうに肩を落とした。なんだよって、なに？　と無邪気に首を傾げる朱鷺に、もー、と雄大は言った。

「だっておまえ、住民票移すって言ったら、すごく嬉しそうにしたじゃないかー。おまえのほうからも言ってくるしー。だからおまえを喜ばせようと思って早く移そうと…、だけどうまくいかなくて、やっべぇ、がっかりさせたくねぇなーって思ってたのにー…」

「……そやからもしかして、指輪…？」

「そうだよ、もー……、俺がどれだけ恥ずかしい思いをして買ってきたと思ってるんだよー、どっちも男のサイズなんだぞー？」

言われてみればそのとおりだ。朱鷺は噴き出してしまった。この雄大が、どんな顔をして、なんと言って、男性サイズの指輪をペアで買ったのか。

（あーもー、可愛いなぁ、雄大可愛い）

腹筋が痛んで涙が出るほど笑い転げていると、雄大が恥ずかしそうに、そんなに笑うなと怒った。朱鷺は腹を押さえて、うくっ、とか、ぷふっ、とか笑いの発作が起きそうになるのをこらえて言った。

「ごめっ、ごめんなさっ…、雄大が、自分で欲しくて指輪買ったなら、こんなに笑わへんねんけど…っ」

「だって、おまえが欲しいと思ったんだよっ」

「うんうんっ、そうやね、そうやんね…っ」

「笑うなっ」

怒った雄大に生乾きの髪をガーッとかき回された。太い指に髪が絡まって、痛い、痛いと言いながら雄大の手から逃れた朱鷺は、赤い顔でむくれている雄大に微笑を向けた。

「…でも、よかった」

「…あ？　なにが」

「住民票とか指輪とか、そういうものに雄大がこだわるのって、僕のことが不安なんかて思ってたから」

「不安？　おまえのなにが？」

「だから……、雄大が欲しい幸せ感とか、満足感とか、あげられへんから」

「俺が欲しい幸せ感…？」

「そやからあの、朝ごはん作って、雄大に食べさせて、会社に送りだしてとか……、夜ごはん作って、雄大を迎えて、あの…ふ、夫婦の時間とか、作れへんから……」

「……それで？」

「それでって、だから…、いつも雄大より仕事を優先させちゃうから、僕に愛されてへんって思ってるんかなって……、それで愛し合ってる証拠っていうか、目に見える形で繋がりが欲しいんかなって、思ってた……」

うん、と朱鷺はうなずいて、そう思ってたんやと呟いた。雄大はふっと笑うと、また朱鷺の髪をクシャクシャッとかき混ぜて言った。

「女子中学生が夢見るような、素敵な奥さんを、俺がおまえに求めると思ってたのか？」

「雄大の挙動不審のせいやん。僕の愛情が足りひんのかなって、すごく悩んだんやから……」

「バカだなー、おまえはー。おまえに料理や規則正しい生活を求めるなんてのは、猫に開けた襖を閉めろと言ってるようなもんだぞ」

「う…？」

「おまえを落とそうと三ヵ月間、粘っている間に、おまえがどれだけ不摂生で日常生活が破《は》綻《たん》した人間失格なダメ男かってのは、いやってほどわかった。わかってて口説き落としたんだ。俺が今まで一度だって、メシの支度をしろとか、俺の世話を焼けとか、言ったことあるか？」

「あ、ううん、ない、です……」

「な？　だからおまえはこれからも、黙って俺のメシを食って、ニコニコ俺のそばにいればいいんだ。おまえに愛されてることくらい、そばにいれば伝わってくる」

「……うん」

朱鷺は雄大の胸にそっと頬を寄せた。なんだか不思議な気分だった。幸せ、とは違う感情だ。ただ、嬉しい。雄大の言葉ももちろん嬉しかったが、今こうしていることが、二人でいることが、この時間の中、すべてにあるものが嬉しくてたまらない。

「あのねぇ、雄大。愛してるよ」

「お、スラッと言えるようになったな。上等、上等」

「うん。愛してる。僕に負けず劣らずダメなところのある雄大を愛してます」

「は？　ダメなところってなんだよ？　おまえほど壊滅的にダメな男からダメと言われるような、…」

「やっぱり自覚ナシですか」

朱鷺は溜め息をこぼすと、もたれかかっていた雄大から体を離し、ソファの上に正座をした。お？　と心なしか身を引く雄大に、厳しい眼差しをあてて言った。

「僕のことホンマに愛してるなら、なんでお母さんのこと、話してくれへんかったん？」

「おふくろのこと？　だっておまえががっかりすると思…」

「そういうことを言うてるんとちゃいます」

ピシッと雄大の言葉をさえぎって、朱鷺は続けた。

「住民票移すってお母さんに言うた時、反対されたって。これこれこういうことを言われたって。なんで僕に話してくれへんかったん。なんで隠したん」

「だからそれは、…」

「僕ががっかりすると思ったんは、雄大の勝手な思いこみやろ？　だけど、僕ががっかりするて思っても、雄大は僕に、お母さんとなにがあったのか話してくれんとあかんかったんです」

「ああ、ちょっと…」

「親には内緒で結婚してても、雄大のお母さんは僕のお母さんでもあんねんよ？　そのお母さんが言うてはったことを僕に隠すやなんて。浮気を隠してたのとはわけが違う。ホンマに腹立つわ」

ギッと雄大を睨んで、ぷいっとそっぽを向いた。雄大は慌てた。これは朱鷺が本当に怒っている時の態度だ。雄大は怒ると沸騰したヤカンのようになるが、朱鷺は反対に、顔を紅潮もさせず氷のバリアを張ったようになる。しかもここで対処を誤ると、イケズの嵐《あらし》が吹き荒れるのだ。

「あ、ごめん…」

とりあえず、素直に雄大は謝った。

「その、わかりやすく言えば、姑がこぼしてた嫁の悪口を、嫁本人に言ったらダメだろと思って…」

「嫁の悪口とちゃいます、僕と雄大、二人の問題です」

「あ、そうだな、そうだよな、ごめん、俺が悪かった。これからはちゃんと、家族のことはおまえに話すから。な？　機嫌直してくれよ」

「……まったくもう」

家族、と言ってもらったことで、朱鷺の怒りも和らいだ。怒らせていた肩からふっと力を抜いて膝を崩す。怒りの氷バリアが溶けたことにホッとして、雄大はぐたりとソファに体をあずけて呟いた。

「こんなにおまえのことを愛してるのに……」

「…なに？」

「おふくろの言葉よりも、それを隠してたことを怒られるとは思ってもいなかったよ。もー俺、まだまだ全然、おまえのことが摑めてない……」

心底がっかり、といったような口振りに、つい朱鷺の口から可愛い笑い声が洩れた。雄大は朱鷺を怒らせるのも上手だが、笑わせるのも上手だ。投げだされた雄大の手を両手で握り、朱鷺はくふんと笑って言った。

「ええやん。摑めへんから一緒にいて楽しいんやん」

「そうかぁ？　あーでも、そうかもなぁ。おまえも俺のこと、摑めない？」

「そりゃもう、摑めません。特に指輪のセンス」

「えっ、あれ、ダメか!?　おまえに似合う、可愛いのと思って選んだんだけど…っ」

「可愛いよ、可愛いけど、僕やったら選ばへんデザインかな」

「あ、ごめん、じゃあ違うのを買う、…」

「やからね、雄大。センスの違いも大事にしんと。僕は雄大があの指輪買ってきたことで、感動したし」

あまりのセンスのなさに感動したのだが、それは言わなくていいことだ。とにかく雄大が朱鷺のことを想い、朱鷺に似合いそうなものをと真剣に考え、非常に恥ずかしい思いをしてまで買ってきてくれたことが重要なのだ。朱鷺はニコリとほほえんで言った。

「僕たちの違いを大事にしよう？　摑めへんことを楽しもう？」

「…だな」

雄大の微苦笑に、うん、と朱鷺はうなずいて、ほほえみながら、雄大の手をポンポンとお手玉のようにもてあそんだ。がっしりとした雄大の手が朱鷺は好きだ。一時はガソリン荒れでボロボロだった自分の手は、今は箸より重いものは持ったことがないとでもいったふうに白く、指も細い。雄大の手に自分の手を重ねて、あまりの違いに、働いてへん手みたいやとしょんぼりした時だ。雄大の手が獲物を探知した食虫植物のようにそろっと閉じて、朱鷺の手を握った。

「綺麗な手だよな。血管が透けてる……」

「……ん？」

「うん…」

「この手で俺にしがみつくのか。この手で俺の背中にすがって…」

「え、あの…」

「この手で俺を握って、欲しいと言うのか」

「ゆ、雄大…」

顔を見なくても、声だけで雄大が欲情していることがわかる。雄大の親指が、卑猥な行為を連想させる動きで、朱鷺の人差し指をゆっくりとこする。

「…おまえは？ 俺の手、好きか…？」

「…うん…」

耳に吹きこまれる囁きに、朱鷺は顔を赤くしてうなずいた。

「好き……」

「どんなところが好きだ？」

「大きくて…たくましくて…ごつごつしてる指も、男らしくて、好き……」

「この手で、いつもおまえを抱いてるんだぞ……」

「…あ…」

指の股をこすられただけなのに、ゾクッと腰に感じてしまった。ピクリと反応した体を雄大は見逃さない。

「こんなところが感じるのか。じゃあこれからは、俺以外の男に手をさわらせるな」

「…雄大、やから…感じるん…」

「本当か？」

喉で笑った雄大が、手のひらから手首へと指をすべらせていく。頸動脈《けいどうみやく》のあたりをカリッと引《ひ》っ掻《か》かれて、朱鷺はまた感じて体を揺らした。雄大はわかってやっているのだと思った。

「ゆうだ…」

「俺の手に感じるか？　俺の指に感じるか？」

「ん…」

「この手がおまえに、こんなことをするんだぞ」

雄大の指がまた、朱鷺の人差し指をいやらしくこする。視覚が快楽の記憶を引きずりだす。体の奥がジクッとうずいたのを感じて、朱鷺は恥ずかしくてまぶたを伏せた。

「やめて…」

「なんで？　俺の手が好きなんだろ？　俺の指でこすられるの、好きだろ？」

「ゆうだ……」

「先のほうをこうやっていじられるのも、好きだよな？」

「……」

爪先《つまさき》を指の腹でじっくりと撫でられる。おまえはいつもこんなふうにされているんだと見せつけられて、もう本当にいたたまれなくなって、朱鷺は真っ赤な顔でかぶりを振った。いやらしい雄大の手から、そっと自分の手を引き抜いて、胸の前で握りしめる。少女のような仕種を見た雄大が、ククッと笑って肩を抱き寄せた。

「おまえって、ウチの社の製品みたい」

「え…」

「プラスチック成形って、どうやるか知ってるか？　最初にチップを機械に入れるんだ。小豆粒くらいのプラスチックの原材料」

「あ…うん…」

「プラスチックの元だから、当然固い。噛んでも歯が立たないし、ハンマーで叩いても粉々になるだけで、ちっとも言うこと聞かない。でもさ」

「ん…？」

「機械に入れて、じっくりと熱を加えていくと、溶けるんだ。氷みたいに外から溶けるんじゃない。内側から溶け始めて、溶けて溶けて溶けて……、もう我慢できないってところまでくると、いっきに外側が溶けて崩れる」

「う、うん…」

「そうなったらあとは簡単。ドロドロになって思うがままのやつを、金型や射出の機械に流しこむだけ。溶けすぎちゃって、なにがどうなってるのかわからないーって思ってたチップは、ハッと気がついた時には、俺の思いどおりの形にされてる。な？」

「おまえに似てるだろ？　最初は固くてどうしてくれようとか思うんだけど、時間をかけて溶かすと、俺の思いどおりになる」

「そんなこと…」

「なる。思いどおりに」

雄大の手が腿をまさぐってきた。パジャマの薄い生地は、雄大の手の熱さをすぐに肌に伝えてくる。朱鷺はかすれた声で、アカン、と囁いた。

「べ、ベッド……」

「どうやって溶かしてやろうか、朱鷺」

「ゆうだ…待って、ベッド……」

「ダメ。俺の思いどおりにする」

「…あ、ぁ……」

耳に囁かれ、そのまま舌を差しこまれた。半身がゾクッと粟立《あわだ》つ。肩をすくめると、雄大はわざと息を吹きかけながら言った。

「チップは内側からゆっくり溶ける……、おまえも内側から溶かしてやる」

「んん……んん……」

「ほら、朱鷺……」

「な…、って…」

「…、ぁ……」

耳、やめて、と小さく頭を振ったところで、肩に回されていた雄大の手が唇を撫でてきた。感じて、思わず開いてしまった口に、雄大が指を入れてくる。初めてのことにびっくりして、あう、と抗議の声を立てると、雄大は忍び笑いを洩らして言った。

「俺の指、好きなんだろ？　じゃあ舐めてみろよ。いや……、舐めてくれよ……」

「……」

舐めてくれよと囁かれたとたん、ゾクッとした。まるで雄大自身を口にしているような気分になった。そそのかすように舌先をくすぐられて、朱鷺はその指先を柔らかく吸った。

「うん。いいよ、朱鷺。もっと、して」

「んん……」

「もっと、舐めて、吸って。おまえの口の中は熱くていいよ」

「ん……」

雄大の言葉に煽られる。指をしゃぶることに夢中になってしまう。からかうように指が逃げると、舌で追ってしまう。雄大は、自分の肩に頭をあずけ、トロンとした目で指をしゃぶる朱鷺を見て、目を細めた。朱鷺の内腿をいやらしく撫でながら、さらに朱鷺を煽る。

「なあ朱鷺。おまえの口の中で、硬く大きくなっていくところを想像してみな？」

「あ……ん……」

「ガチガチに熱くなるまでおまえの口で大きくしてさ…」

「あん……ん……」

「それを今度はこっちで……、くわえる」

「んんん…っ」

腿を撫で上げた手が、パジャマの上から朱鷺の奥をそろりと撫でた。一瞬で体に火がついた。指は奥をぴたりととらえ、押すように揉んでくる。朱鷺の足がふるえた。そこばかりか前までうずいて、感じてたまらない。

「あぅ、ん…」

下を向きたくても、くわえこまされている指のせいでできない。手探りで奥をいたずらしている雄大の手を摑んだら、フッと鼻で笑った雄大がいやらしいことを言った。

「どうした? パジャマの上からさわるだけじゃ、物足りないか?」

「んん、ん……」

「入れてほしいのか? おまえの大好きな俺の指をここに入れてさ」

「んっ……あ……」

「浅いところをじっくり撫でて、泣かしてほしいか?」

「んぅ……ん……」

「それとももうちょっと奥の、グリグリされるとイッちゃうところで泣かしてほしいか?」

「んっ……んっ……」

雄大が言ったことを、してほしくてたまらなくなる。体が勝手に動いた。雄大の指が、もっと強く奥に当たるように腰を揺らした。まだパジャマも脱いでいないのに、こんなふうに欲

しがってしまう自分が恥ずかしい。こんな明るい居間で、ソファで。はしたないと思うのに、熱を持った体は雄大を求めてしまう。早く肌でふれ合いたい。抱き合いたい。雄大が欲しい。

「んんっ、んんっ……」

お願い。

ねだるように雄大の指をきつく吸い、とろけた目で雄大を見つめた。

雄大は喉で笑った。朱鷺の前はもう、すっかり立ち上がってパジャマを押し上げている。あと少しだと思った。もう少し熱を加えれば、この可愛い朱鷺はすっかり溶けて、思いのままになる。雄大は口に含ませた指で朱鷺の舌をもてあそびながら囁いた。

「パジャマのボタン、外せよ」

「んん……」

雄大の目を見つめたまま、朱鷺はのろのろと腕を動かした。頭がぼうっとしている。淫猥な気持ちで指をしゃぶる自分や、パジャマ越しに後ろをいじられて感じている自分、そんな自分を間近から見つめられて、恥ずかしく思うより安堵している。んん、と喉を鳴らしてくわえている指を甘噛みすると、雄大は目を細めて言った。

「ちゃんと見てるよ」

「ん、う……」

「なにもかも俺に見せな。もっと感じてる顔も見せろ」

「あんん…っ」

グッと後ろを押されて、朱鷺はビクッとあごを上げた。ようやくボタンを外し終え、ご褒美をねだるように雄大を見る。雄大は薄く笑って、胸をはだけてみせろ、と囁いた。言われるまま前を開くと、満足そうに笑った雄大が、後ろをいじめていた手を前へすべらせ、本当にご褒美のように朱鷺をキュウと握った。

「ああ……」

たったそれだけで腰がとろけた。強弱をつけて握られるとたまらない。

「あ……あ、あ……っ」

「こんな程度でイクなよ」

「あっ、う……あぅ……」

「まだだ。もっと肌を染めろよ」

「んっ……あぁ……」

「なんだよ、そんな目で見て。ああ、そうか、こっちもか」

笑い声で言った雄大が、くわえさせていた指を引き抜いた。唾液がたっぷりと絡まった指で、朱鷺の胸をいじり始める。

「せっかく胸をはだけていじれって催促してたのに、気がつかなくてごめんな」

「ちが……あ、あ……」

雄大が前を開けろって言うたんやんか。そう口答えしたいが、前に与えられる快楽と、ぬるぬると胸をこすられる快感で、まともな言葉が出てこない。前を握っている手が、今度はこする動きに変わった。感じる、から、イイ、に悦楽の段階が上がり、ゾッと背筋に快感が走った。朱鷺は甘い声をこぼして身をよじった。布ごしの愛撫がもどかしい。直接さわってほしい。

「あ、あ、あ、……んん、も…もっと……」

「ダメ」

「あ、あ……いや、もっと、もっと…っ」

「ダメだって、パンツもパジャマも穿いてるんだぞ？」

「ゆ、だい……雄大……っ」

「まだダメだ」

「あぁ…あ……、んっ、あ……」

物足りない刺激に腰を揺すると、雄大が忍び笑いとともに、洩らすつもりか？　と意地悪く言う。我慢ができなくて、朱鷺はすがるような目で雄大を見つめた。

「ゆう、だ……おねが……」

「パジャマ穿いてるからダメ」

「脱ぐ、から…」

「ダメ」

「脱ぐからぁ……っ」

「ダメ」

雄大はふっと笑って、朱鷺の根元から絞るように指を使った。もうアカン、とふるえ声で言うと、すかさず、我慢しろと耳に吹きこまれる。

「下着濡らしたら恥ずかしいだろ？」

「んっんっんっ……ゆ、だ…お願い……イキた……」

「だからダメだって。下、脱がないと」

「あぁ……んっ……、脱がして…っ」

「ん？　なんだって？」

「雄、大……、脱がして……っ」

いたずらを続ける手を朱鷺が摑んできた。本当に限界のようだ。雄大は手を止めてニヤリと笑った。完全に溶けたと思った。もう雄大しか見えず、雄大の声しか聞こえず、雄大の意のままに泣くだろう。欲望に忠実になった朱鷺は、可愛くていやらしくて、たまらなく雄大を夢中にさせる。

「脱がせてほしいのか？」

朱鷺の昂ぶりをじわりと腹に押しつけて聞いてやる。朱鷺は喉に絡まるような声を洩らしてうなずいた。

「脱がして……」

「感じて、こんな硬くなってるところ、俺に見せていいのか？」

「いい……、見て、見て雄大……早く、脱がして……」

「脱がせてやったら、どうするつもりなんだ？」

「さ、さわって、ほし……」

「さわるだけでいいのか？」

「あぁ……、さわって、イカして……僕を、イカして……、お願い、雄大、もう……」

「出したくて我慢できないか」

ククッと笑った雄大は、指先で朱鷺の硬さを撫で、朱鷺が無意識だろうが腰を揺する様を楽しみながら言った。

「俺のやりたいようにやらせるなら、イカせてやるけど？」

「あ……、な、んでも、して……、やから、お願い……」

「よし。その言葉、忘れるなよ」

いやらしく笑った雄大が朱鷺をソファに押し倒す。グダグダッと崩れた朱鷺の体は、その名のとおりに染め上がって、雄大の目を楽しませた。いじっていた片方の胸だけがとがっているのがひどく卑猥で、雄大はいやらしく口元を弛《ゆる》めた。

朱鷺の両足を自分の腿の上に載せ、それから下着とパジャマを一息に引き下ろした。あらわになった朱鷺のそこは、見ただけで濡れているのがわかる。こりゃイキたいだろうなと、雄大はニヤニヤ笑いながら、朱鷺の片足をソファの背にかけた。

「これでよく見える」

「おねが……雄大、早く、さわって……」

「おまえも見てろよ。おまえの好きな俺の指が、おまえにどんなエロいことをするか。ほら、見ろ」

「んん……」

こくんと唾液を飲みこんで、朱鷺は自分のそこに視線を落とした。雄大の左手にキュウと握られて、甘い吐息が洩れる。親指で先端を撫で回されると、感じてしまって目を開けていられなくなる。

「あ、ぁっ……あっ……」

「見てろって。ほら、どんどん濡れて、エロくなるぞ。見ろよ」

「んんっ」

そそのかされて、眉を寄せて目を開けると、まさにヌルヌルといった様子で動く親指が見えた。雄大が先端を叩くような指使いをすると、そこからピチャピチャと音がする。こんなに濡らして……と思ったら、熱い顔がさらに熱くなった。見ていられなくてギュッと目をつむると、雄大が低く笑って言った。

「恥ずかしいのか」

「ん……っ」

「じゃあ、もうこぼさないように、押さえといてやる」

「…っ、……あ…あぁ……あっ」

先端の穴を指の腹でキュッと押さえた雄大が、右手を使って朱鷺をこすり始めた。大きく足を広げたこんな姿で、雄大に両手を使ってこんなことをされて、それで悦《よろこ》ぶ体をすべて雄大に見られている。恥ずかしいと思えればよかったのに、朱鷺はもう、体ばかりか心も快楽に夢中になっていた。

「あ、あ、あ…」

感じる場所を外さずに雄大はこすってくれる。欲しい強さで、欲しい速さで。体中がゾクゾクしてきて、腹の奥が溶けた感じがして、手足がピク、ピクンと跳ねてしまう。その一点へ向かって感覚が集中する。頂点は、もう、すぐそこだ。

「あっあ…っ、あぁ、ああっ」

「イッていいぞ」

「ふぅっ、んんっ、んんん……っ」

頭の中がキンとするほどの絶頂感。朱鷺は腰ばかりか体中をガクガクとふるわせて達した。

だが、

「あぁん……」

期待していた解放感に満たされない。体がおかしい。今にも洩らしてしまいそうな焦燥感が、達したばかりの体を苛《さいな》む。

「あぁ、あ……ゆうだ……」

「どうした?」

「あ、あ、アカン……僕……」

トイレに行きたい、と口にするのが恥ずかしい。まつげをふるわせて目を開けた朱鷺は、それを見て、カァッと顔を赤くした。雄大の指が……押さえている。穴を。

「ゆうだ…っ」

「こぼさないように押さえててやるって言ったろ？」

「あ、あ、いや……、離して……」

「どんな感じだ？　ほら朱鷺、どんな感じか言ってみろ」

「あぁっ」

先端をヌルリとこすられた。過敏になっている体はすぐに火がつく。雄大に握られたままのそこがズクンとうずき、ますます洩らしそうな感覚が強くなった。朱鷺は胸をあえがせて答えた。

「…アカン……洩らし、そうなん……っ」

「そうなの？　膀胱《ぼうこう》には関係ないのにな」

「ああ、んっ、も…っ、もう、洩れる……っ」

「洩れるって、おまえが口にすると素直にエロいな」

「おねが…お願い、雄大……手、離して……」

「なんで？」

「だ、出したい……、出したい、雄大…っ」

「そういう顔で、そういうこと言われると、クるぞ」

雄大はニヤリと笑い、苦しそうだがなまめかしい表情を見せる朱鷺に言った。

「出してやる。おまえも見てろ」

「ゆうだ……」

「見てろよ。見ないとこのままこするぞ」

「いや…っ」

この状態でそこに愛撫を受けたら、どうなってしまうかわからない。恥ずかしいのと苦しいのとで、朱鷺は涙を浮かべて自分のそこに視線を向けた。それを確認して、雄大は先端を押さえていた指を離した。

「あ……」

とろり、とわずかに白濁がにじみ出た。だがそれ以上は出ない。出したいという感覚ばかりが朱鷺を責め苛む。

「雄大、雄大ぃ……っ」

「出してやるよ。見てな」

「んん、んん……っ」

雄大の指が根元を包み、先端へ向かってじっくりとしごいた。絞りだされた白濁がとろとろと朱鷺を濡らしていく。

「ああ……」

「イイのか？　これが、感じるのか？」

「んんんぅ……」

イイのかどうかわからない。だが、たまらなく感じた。出すという感覚に、ただただ感じて体をふるわせた。

雄大も興奮していた。朱鷺が自分のそこを自分のもので濡らしていく様は、恐ろしく猥褻だった。こんなあられもない格好で、こんないやらしいことを自分に許す朱鷺が、どうしようもなく可愛かった。朱鷺の心も体も自分のものだと実感する。

抱きたい。

今すぐこの綺麗な体をむさぼりたいと思った。わずかに残っていた余裕が消えた。肌を合わせ、奥の奥までこの体を味わい、征服したい。

せわしなく衣服を脱いだ雄大は、朱鷺のこぼしたものを指に取り、それを奥へ塗りつけながらほぐしていった。甘い声をこぼして体をふるわせた朱鷺に囁く。

「ごめん……、今すぐおまえが欲しい」

「あぁ……、い、よ……」

「ゼリー、なくてもいいか？」

「いい……、あ、ああ、いい、から……っ、あ、い、入れて……、欲しい…っ」

「ああ、くそ…っ」

痛むほど前が張り詰めた。早く朱鷺の中に入りたくてたまらない。朱鷺の後ろはすぐにほころび始め、雄大の指を受け入れた。急く気をいなし、朱鷺の中を拡《ひろ》げながら前にも愛撫を与える。体を悦ばせてやらないと、受け入れる朱鷺が苦しむことはわかっている。そうした雄大の思いやりに応《こた》えるように、朱鷺の体が急速に色づいていく。

「あ、も……もう、い……、いいからっ……雄大…っ」

「もういいのか？　もう入れても平気か？」

「んんっ、も…っ、欲しっ……雄大が、欲しい……っ」

「……っ」

自分の手で乱れさせた朱鷺に、かえって自分が煽られる。乱暴をしそうになる自分を奥歯を噛んで抑え、十分に朱鷺を熱くしてから指を引きぬいた。滾《たぎ》るような自分の屹立《きつりつ》を奥にあてがい、一息に貫いた。

「あぁ……っ」

さすがに悲鳴をあげた朱鷺が、無意識に逃げようとしてのけ反る。その体に覆いかぶさり、きつく抱きしめて、喰い尽くすように体ごと朱鷺を揺さぶった。

「あぁ……ああっ、…ゆう、だ…っ」

雄大の背中にすがりついた。焼かれるような熱さが容赦なく自分の中をこする。壊れてしまうと思うほど激しく突き上げられる。けれど耳にかかる雄大の荒い息が、朱鷺の体を作り替えていく。荒々しさに体がなじんでいく。このケダモノを味わおうと中が柔らかくとろけ、ねっとりと締めつけていく。

「あっあ…っ、おねが……お願い、もっと……っ」

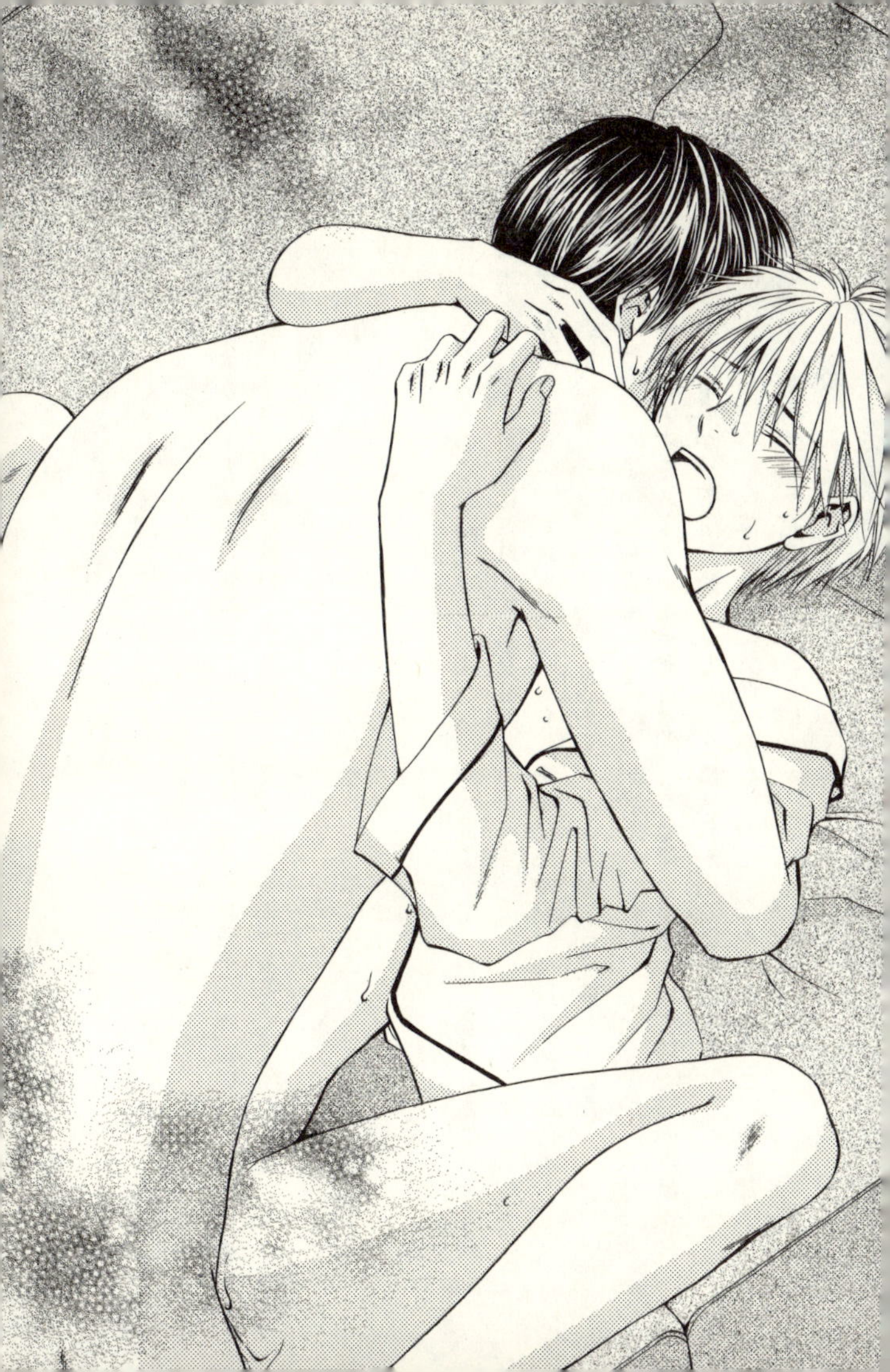

「もっと? 壊れるぞ」

「こ、壊して……っ、壊しっ、壊して……っ」

「責任は取る」

乱れた息で、雄大がふっと笑った気配がした。直後、まともに息もつけないほど激しく攻め立てられ、朱鷺は小さな悲鳴をあげ、あるいはあえぐことしかできなくなった。喰い尽くされる快楽に、ただ溺れた。


平日の昼日中だというのに、路上から子供たちの声が聞こえていた。夏休みが始まったのだろう。梅雨も明けて、東京はこれから真夏を迎える。

雄大が顔をしかめるくらい、ガンガンに冷房をきかせた部屋で、今日も朱鷺は仕事をしている。だがその表情は嬉しそうだ。例の薫香店のネットショップが完成したのだ。

「…、はい、アップ終了。あとは確認してもらうだけ」

担当者に確認をお願いするメールを送ると、はぁ～、と深い息をついて椅子にのけ反った。

「疲れたぁ……、仕事上がって気ぃ抜けると、一気に疲れが出るよなぁ……」

それまでは気が張っていて、体の痛みに気がつかないのだ。今や朱鷺の肩といわず背中といわず腰といわず、腕も手首も指までも痛みを感じる。

「添島工業の若社長のご機嫌がよかったら、ちょっとマッサージしてもらおう」

呟いて、朱鷺はふっと苦笑した。いつのまにか、こんなことが頼めるようになっている自分がおかしい。しばらく椅子で死体のように脱力していたが、その姿勢もつらくなると、よっこいしょと立ち上がった。空になっているマグカップを片手に台所に行き、カフェオレを作ろうとしたところで、冷蔵庫の扉に貼《は》ってあるメモに目がいった。

「あっ、マズいっ、お味噌っ」

メモには雄大の字で、もうすぐ朱鷺の味噌がなくなる、と書いてある。これがないと朝晩とも関東風の味噌汁になってしまうから、ちょっと悲しいのだ。朱鷺は慌てて実家に電話をかけた。

『はい、椎名組紐店でございます』

「…あ、お母さん？　僕」

『なんや、どないしたん。なんか送ってほしいもんでもあんのん？』

いきなりこの科白はあんまりだが、朱鷺のほうから電話をかける時は、いつも物資送付のお願いだから仕方がない。朱鷺はこくんとうなずいて言った。

「お味噌がもうなくなんねん。送ってくれる？」

『ええよ。赤と白、両方送ろか？　そろそろそっちで好みの味にしたら？』

「無理。お母さんが合わせたん送って」

『はいはい、ええよ。そしたらあれや、お味噌と一緒におせんべいも送るわ。お豆さんの入ったあれ』

「えー、いらん。あんまり好きやないし」

『あんたにとちゃうって、添島くんにやん』

「えっ」

母親の口からいきなり雄大の名前が出て、朱鷺は大いにうろたえた。カァッと顔を赤くして、両手で受話器を摑んで言った。

「な、なんで、ゆ…、えと、添島くんに…っ」

『なんでって、一緒に住んではるんやろう?』

「な、なんで…っ」

『またなんでって。お味噌の減り方が、毎日お味噌汁作ってる減り方やない。あんた今まで、そんなんせんかったやん、添島くんが作ってくれてはるんやろう?』

「お、お母さ…っ」

『添島くん、お豆さんのおせんべいが好きなんよ。知らんかったん? もー、気ぃきかへん子やねぇ。あんたの面倒を見てもろてる、せめてものお礼やない。送るし、ちゃんと渡すんよ?』

「面倒って、違うからっ」

自分たちの生活を見透かされているようで、ありえないのだが、夜のことまで知られているようで、朱鷺は手のひらに嫌な汗を浮かべながら言い訳をした。

「ゆ…、添島くんはたしかにここにいてるけど、でもそれは、添島くんが勝手に押しかけてきただけなんやし、いくら僕が言うても出ていってくれへんねんからっ」

『なに言うてるん。添島くんがあんたの世話を焼いてくれはるから、あんたは元気になったんやないの』

「元気ってっ」

『あんたの声聞ぃたらわかります。前はいつ電話しても、ボーッとして死にそうな声しか出さへんかったくせに。今は元気で明るい声が出るようになったやないの。添島くんに感謝しなさい』

「待ってお母さん、それちょっと、なんか違う、…」

母親は特に変なことは言っていないのに、どうも「添島くんに愛してもらっているから元気になった」という意味に取れてしまう。こっそり雄大と結婚してしまった後ろめたさがあるせいだとわかっているが、どうしても「そうではない」言い訳をしようとしてしまう。なにかいい言葉は、と混乱する頭で考えていた時、

「ただいま〜」

雄大の呑気《のんき》な声が聞こえた。えっ、と思って壁の時計を見れば、そろそろ六時だ。まずいタイミングで電話しちゃった、とますます頭を混乱させていると、雄大の声を聞き取ったのか、あろうことか母親が言ったのだ。

『なん、添島くん、帰ってきはったん？　あんたのこと、お礼が言いたいし電話代わり』

「いやや、子供やないねんからっ。添島くんかて迷惑やんっ」

そこへ雄大が顔を出した。誰？　という表情を見せる雄大に、静かにしててと朱鷺が身振りをすると、電話の向こうで母親が言った。

『ああ、そらそうかもしれへんねぇ。京都のお母さんから電話やなんて、緊張しはるわねぇ』

「…は!?」

『そやったらお盆休みに二人でこっちに帰っといで。みんなで送り火、見ましょう』

「そっちにって…」

さらっと言われた言葉に、朱鷺の胸はズキリと痛んだ。まだ帰れないと思う。地元には帰れない。京都から逃げだして五年だ。実家の周りの人々は、まだ覚えているはずだ。椎名組紐店の息子がなにをしたか。どうして大学を中退したか。なぜ京都を離れたのか。

（…今はまだ帰れへん。今帰ったら、お母さんやお父さんに、また迷惑をかける……）

けれど朱鷺がそう言ったら、そんなことはないと母親が否定することはわかっている。

朱鷺はわざと、いかにもわかってへんなぁといった口調で答えた。

「あのねぇ、僕にはお盆休みなんてあらへんよ」

『なに？　お盆休みもないん？　あんたはお盆も休まれへんような仕事の仕方してるん？　あんたなぁ、お金ばっかり稼いどったら、ろくな人間にならへんよ？』

「うん、もうわかってる、僕が人間失格な男なんはわかってるから、そのへんのことは僕から添島くんに頼んでおくから、お味噌だけお願いします、はいはい、ほんならまたね」

強引に話を切り上げて受話器を戻した。そのままの姿勢で溜め息をつくと、小さく笑った雄大に背後から抱きしめられた。

「なに、お母さん？」

「そう……。お味噌送ってって電話してんよ、そしたらなぁ……」

朱鷺は無意識に雄大に身をあずけ、雄大の手に手を重ねて、口をとがらせて言った。

「添島くんに面倒見てもらってるお礼に、お豆さんのせんべい送るからって…」

「はい!? 俺がここにいること、知ってるの!?」

「お味噌」

「…え？」

雄大は首を傾げながらも、ひょいと朱鷺を抱き上げてソファに移動した。雄大の膝に抱っこをされた朱鷺は、嫌がる素振りも見せずに言った。

「お味噌の減り方が……」

「あ。あー、なるほどね……迂闊《うかつ》だったな」

「雄大に直接お礼言いたいって言うから、アカンッて却下したら、京都のお母さんと話したら緊張しはるわねぇとか、なんかビミョーな言い方するし……」

「……気づいてるのか？　俺たちのこと……」

「……考えたくない。でも、お盆に二人で帰っといでて言うてたし……お味噌かて、そろそろ僕たちの好みの味にしてみたらとか言うし……」

「うわ、ビミョーだな…、深読みしようと思えば、いくらでも深読みできるぞ……」

「でも、もし気づいてるとしても、お母さんなら許してくれると思う。僕が元気になったんは雄大のおかげやって言うてたし。それ、ホンマのことやし」

「…おまえの言うとおりなら、母親って人種は偉大だな。なによりも子供の幸せを、本気で願ってくれる」

「そうやね……」

朱鷺はふっと息をつくと、甘えるように雄大の胸に頭をすりつけながら言った。

「雄大のお母さんも、僕のお母さんも、やっぱりお母さんてすごいね。いつでも子供のこと思って、心配したり、お節介焼いたり。僕たちが四十歳になっても五十歳になっても、こうやって子供のことを心配してくれるんやろね」

「うん。そうだな。そういう意味では、一生頭が上がらない存在だよな、母親って」

二人でふふっと微苦笑をした。ギュウッと深く朱鷺を抱きこんでくれる雄大の腕に安堵しながら、朱鷺は胸の痛みを雄大にさらした。

「お盆に帰っといでって言われた時……」

「うん」

「ちょっと、泣きそうになった……。まだ帰れるわけがないやん？　帰ったらお母さんたちが、また陰口言われるのに……。なんであんな簡単に、帰ってきいやなんて……」

「でも、おまえは帰りたいだろ？　その、帰省って意味だけど」

「…ちょっとは、思うかな。天神さんの梅がもう満開やろうなぁとか、近所の長栄庵《ちょうえいあん》ではそろそろ葛菓子が出る頃やなぁとか」

「だったら、帰ろう。おまえが帰れるようになったら、帰ろう」

「なに言うて、…」

わかってへんなぁと朱鷺が苛立たしそうに首を振ると、朱鷺の首筋に軽くキスを落とした雄大が、とても優しい声で言った。

「お母さんたちは近所の目なんか気にしてないよ」

「そんなこと、…」

「気にする必要がないことくらい、わかってるんだから。おまえがなんにもしてないことをさ」

「……」

「おまえを東京に出したのは、実家にいたらおまえが必要以上に傷つくと思ったからだよ。お母さんもお父さんも、おまえが元気かどうかだけ気にしてる。半年おまえの実家に通って、最後には、よぉ来たねぇとまで言ってもらえるようになった俺が言うんだから、間違いない」

「……そう、かなぁ……」

「そう」

朱鷺はグズッと鼻を鳴らした。たまらなく両親に会いたくなった。雄大はよしよしと朱鷺の頭を撫でながら、やっぱり優しく言った。

「いつか素直に実家に帰れる日が来たら、それはおまえの傷が癒《い》えたってことだ。お父さんもお母さんも、焦らずにその日を待ってくれてる」

「うん……」

「でも、無理に帰ることはない。元気な顔を見せたくて無理に帰って、それで逆におまえが傷つくことになったら、お父さんもお母さんも、俺も、やりきれない」

「……ん……」

「自然な気持ちで帰れる日が来たら、帰ればいいよ。その時は俺と一緒に帰ろう」

「ううん、それはいやや」

ズズッと鼻をすすって、涙声で朱鷺は即答した。なんでだよ？　と眉を寄せる雄大に、手のひらで涙を拭《ぬぐ》って朱鷺は答えた。

「雄大と一緒に帰ったら、雄大、絶対、僕のお母さんやお父さんのこと、お母さん、お父さんて呼ぶもん」

「おお……、そう言われればそうだな」

「そんな恥ずかしいことされたら、僕死ぬ」

「いやだって、すっかりおまえと結婚した気でいたからさー。でもおまえに死なれたら困るから、初回の帰省は同伴はやめるよ」

そう言って雄大は明るく笑った。朱鷺はまた鼻の奥がツンとして、涙がにじんでしまった。こんなにあっさり、なんの気負いもなく、自分たちの関係を結婚という言葉で表してくれた雄大に、言葉では言えないほどの愛しさがこみあげた。なんにもできない、文字どおり、そばにいるだけの自分なのに。こんなに深く愛されて幸せだ。こんなに当たり前に愛されて、どうすればいいのかわからないくらい幸せだ。

雄大が、朱鷺の大好きな大きな手で、ギュッと朱鷺の目元を拭った。

「…泣くなって、ほら。可愛い可愛い、可愛い朱鷺ちゃん」

「な、泣いてな…っ」

「はいはい、泣いてない、泣いてない」

クスクス笑う雄大に、くるりと横抱きにされた。べそをかいてグズグズになっている顔が丸見えだ。恥ずかしくて、丸きり子供のように口をへの字にして、朱鷺はぼそっと言った。

「旅行……」

「うん？」

「新婚旅行な……、海があって、あったかくて、眺めがよくて、ごはんのおいしいところがいい」

「そ…うか、そうかそうかっ、任せろ、おまえの条件を完璧に満たすところをセレクトするっ」

雄大は、朱鷺が思わず笑ってしまうくらい、あからさまに嬉しそうな顔で言った。初めて「新婚旅行」という言葉を使った朱鷺が、嬉しくてたまらないのだろう。朱鷺も涙で潤んだ目で笑った。今なら心から、新婚旅行に行きたいと思える。温泉旅行ではなく新婚旅行に、世界で一番大切なこの男と行きたい。

あったかいところっていうと、やっぱりあったかさを実感できる秋冬に行くのがいいかな、と目をキラキラさせて言っている雄大に、朱鷺は泣かせてくれたお返しとばかりに言った。

「僕、指輪していくしね」

「…え？」

「せっかく買ってくれてんもん。新婚旅行に指輪、していきます」

「あ、……あ、そう!? あ、そうか、うん、そうか……」

へらっと笑う雄大だ。困惑が手に取るようにわかる。いくらヘンタイで恥知らずな雄大でも、公の場に、朱鷺と揃《そろ》って結婚指輪などしていけるはずがない。朱鷺は雄大に抱きつき、甘えながらもふふっといたずらそうに笑った。

その日、雄大が指輪をするかしないか。たぶんしないだろうが、その理由を朱鷺が尋ねたら、雄大はなんと答えるだろうか。楽しみだ。

新婚旅行に早く行きたいと朱鷺は思った。

あとがき

わーい、こんにちは、花川戸です、お久しぶりですー。今日は朱鷺ちゃんと雄大くんの新しいお話をお届けします。

前作『思へば乱るる朱鷺色の』は雑誌掲載二話に書き下ろし一話でしたが、今回は丸ごと一冊書き下ろし、そして一冊で一話です。朱鷺ちゃんでは初めての長いお話です。いかがだったでしょうか。今回は雄大くんがうっとうしくて、ホントにすいません。ウチのスタッフさんのみならず、編集さんにまで「うっとうしいですね」と言われてしまった雄大くんですが、そんなうっとうしい男でも朱鷺ちゃんはいいと言っているので、いいのかな……。朱鷺ちゃんも、二面性アリの暗黒面をちらりと出してきました。でも直球雄大に柳の朱鷺で、つがいとしてはベストなのかもしれません。

イラストの日輪早夜先生、今回もラヴリーでほわほわな朱鷺ちゃん、眼差し凛々しくカッコイイ雄大くんをありがとうございました。日輪先生は雄大くん派ということなので、今回は梅雨時のジメジメみたいな雄大でホントに申し訳なかったと思っています。そして今回も朱鷺ちゃんの言葉を東京語から京都語に翻訳してくださったS・F様、お忙しいところ、本当にありがとうございました。お豆さんのおせんべい、おいしいですよね～。それから担当の佐藤様、タイトルの件ではご迷惑をおかけしました。もしまた朱鷺ちゃんの本を出せることがあったら、気をつけます。

最後にここまで読んでくださったあなたへ。花ちゃんもかなり空回りをしてへこむタイプですが、やっぱりまずは言葉にして、大切な人と向き合って、ちゃんとお話しすることが大事だなぁと思います。雄大くんは沸騰したヤカンになりましたが、これが落ち込む方向だと、どんどん泥沼にはまります。そんなことにならないように、大切な人にこそ、ちゃんと言葉で思っていること、気持ちを伝えようね。ちょっと勇気が要るけど、ちゃんと電話で、声を伝えてください。「もしもし」できっとうまくいくよ。

二〇〇八年四月

花川戸菖蒲

花川戸菖蒲先生、日輪早夜先生へのお便り、
本作品に関するご意見、ご感想などは
〒101-8405
東京都千代田区神田神保町1-5-10
二見書房　シャレード文庫
「水無月の降りしく恋こそ」係まで。

本作品は書き下ろしです

CHARADE BUNKO

水無月《みなづき》の降《ふ》りしく恋《こい》こそ～思《おも》へば乱《みだ》るる朱鷺色《ときいろ》の2～

【著者】花川戸菖蒲《はなかわどあやめ》

【発行所】株式会社二見書房
東京都千代田区神田神保町1-5-10
電話　03(3219)2311[営業]
　　　03(3219)2316[編集]
振替　00170-4-2639
【印刷】株式会社堀内印刷所
【製本】ナショナル製本協同組合

落丁・乱丁本はお取り替えいたします。
定価は、カバーに表示してあります。

ISBN978-4-576-08086-4

http://charade.futami.co.jp/